桃花盡處起長歌

下卷

側側輕寒 著

目　錄

第九章

亂紅如雨墜窗紗

他笛子中已經寒光一閃，匕首顏色幽藍，刀口極其鋒利。

院子裡的最後一朵秋菊都枯萎了，花瓣緊緊抱在枝頭，褪色成枯黃。

尚訓一早起來，看到那朵花，心中升起淡淡惋惜。

還未曾與盛顏並肩看過這一秋的菊花，就已經全部枯萎了。

天氣已經寒冷，呵出來的氣都成了白色。殿內是不冷的，有燒得熱熱的地龍，但是尚訓覺得裡面悶熱，他寧願在外面，寒冷讓他的腦子比較清醒。

景泰看見他站在冷風中，嚇得趕緊抱著披風跑過來，給他披上，口中低聲勸他：「萬歲還是回殿裡吧，萬歲的龍體可關係到天下的福祉啊。」

尚訓揮手將他的手打開，說：「裡面透不過氣。」

景泰也不敢說話，站在他的身後，大氣也不敢出。

尚訓抬頭看著陰沉的天空，輝煌宏大的宮城在一片陰霾中，顯不出一絲光彩。

最好的時光已經過去了，假山上嬌豔無比的無名花朵，和笛聲一起纏綿飛捲的流雲，盛夏時一顆一顆掉落在衣領中的女貞花，恍如隔世。

「盛德妃，最近在幹什麼？」他也不知道自己怎麼回事，突然就問起了她。

景泰趕緊回道：「最近太子身體不適，好像是凍著了，一直住在朝晴宮裡，德妃應該正在照顧他吧。」

「凍著了？太子府中這麼多人，難道還會讓他凍著？」尚訓冷笑。

「是……德妃娘娘她懲罰太子，讓他在金水河中凍了小半個時辰……」景泰忐忑不安地說。

尚訓皺起眉頭。「行仁不過十二歲，就算再有錯也是一個孩子，她居然忍心這樣懲罰他？」

果然，她已經不再是初見時假山上慌亂無措的女子，如今的她，是個冷漠的、沒有心的女人。

即使他再怎麼對她好，她也不可能徹底地愛上自己，依然與瑞王糾纏不清。即使明知道他那麼捨不得她，她也依然冷淡地，拒絕了瀕臨死亡的他——即使，敷衍一下也不肯。

可，她既然一開始能做出那麼多溫柔和可愛來迷惑他，那又為什麼不繼續欺騙下去呢？他寧願她用假面目欺騙他一輩子，讓他至死不知曉她的真面目，也好過到現在想起以前，這麼難過。

尚訓看著晦暗的天空，身上微微的寒意讓他剛剛養過來的身體又開始發作，胸口和頭痛得不行。他無奈地轉身回到殿內，坐在那裡看了一會兒奏摺，怔怔地抬頭看著外面。

景泰站在旁邊，小心地伺候著茶水，卻突然聽到尚訓叫他：「景泰。」

「是。」他低頭應道。

「去……朝晴宮。」

自從受寒無奈留在朝晴宮後，行仁一躺就是好幾天，每天一副氣息奄奄的樣子，想要給盛顏好看。

誰知無論他怎麼裝模作樣地呻吟啊、痛苦啊，盛顏卻從來不去探望，就好像不知道一樣，讓他氣得牙癢癢的。

行仁一直躺在床上不起來，誰知扛到最後還是自己受不了，要讓一個生龍活虎的十二歲頑皮小孩子待在床上，簡直比坐牢還難受。扛了幾天之後，他悻悻地認輸，自己爬起來出外溜達了。

現在已經入冬，小蟲子不多了，螞蟻當然也不好找。他在院子裡轉來轉去，發現了牆上的一個小花窗，便湊過去往裡面看。

天氣寒冷，陰霾一片，站在陰天中的所有樹都是光禿禿的，唯有幾棵芭蕉樹還綠意森森。在芭蕉樹下，有叢生的幾株矮矮冬青樹，也還是綠色的。

這僅存的綠意中，是盛顏坐在中間。她穿著淡黃的衣衫，俯頭專注地在繡花架上，一針一針地描繪著手下的畫面。

行仁看著她安靜的樣子，恍惚間忽然覺得，在這滿園冬天寒意中，只因為她的沉靜美麗，才生出了這些綠色。

她雙眼微垂，睫毛細長濃黑，頭頂芭蕉綠意濃重，她肌膚的顏色居然也染上了淺綠，如同帶了一點水色的玉石，給人一種春天的溫柔和煦。

他明知道不應該，也很討厭這個女人，但此時卻如同被定在那裡一樣，直盯著她安靜而平淡的神情、緩慢移動的手指，不能移開眼睛。

「哎呀，太子殿下，這可不行啊！」雕菰發現他扒在這邊偷看，趕緊過去隔著花窗對他說。

盛顏聽到聲音，抬眼看了一看這邊，站起來。她輕輕拍掉衣服上的線頭，走到花窗前，笑問：「殿下身體好了？」

行仁「哼」了一聲，把臉轉開了，只覺得自己被她的笑容弄得心口怦怦地跳。

盛顏讓雕菰去拿點小孩子喜歡吃的點心來，自己也轉到棲霞閣這邊。

行仁看見廳內還有幾朵菊花開得美麗，便跑過去折了一枝春水綠波，說：「這朵花真漂亮，孩兒給母妃戴上吧。」

盛顏見這個孩子笑嘻嘻的樣子，有點厭惡，把自己的臉側轉，避開他的手，說道：「我是你的母妃，你以後見我的時候，還是恪守皇家規矩比較好。」

「難道皇家規矩，孩兒不能與母妃親近嗎？」他笑嘻嘻的，也並不在意。

這小孩子長得這麼清秀可愛，樣子卻十足一副無賴相，叫人看了氣不順。

盛顏伸手將菊花接了過來，握在手中，也不說話。

行仁看著她冷淡的神情，笑道：「以前太傅曾經跟我說，雖然菊花清熱解毒，不過也有些是有毒，是除蟲菊。母妃這裡的菊花，該不會是那種有毒的吧？」

盛顏瞥了他一眼。「只要你小心一點，規規矩矩的，這裡人人都會小心伺候你，你怎麼會遇上有毒的花呢？」

行仁慢慢地蹭過去，問：「既然妳是我的母妃，那我牽牽妳的手，可比瑞王順理成章吧？」

盛顏終於有點怒氣了，這孩子真是不知好歹，她已經告誡過他，他居然還敢在她面前提瑞王。

她正要甩開行仁的手，外面卻有人低低地咳嗽了一聲。

盛顏轉頭看，卻是景泰站在那裡，一臉尷尬地捂著自己的嘴。顯然剛剛的咳嗽是他發出來的，他的身邊，站著的人正是尚訓。

她慌忙地站起來，不知所措地將自己的手抽回來，看著尚訓。

他明明看見了，也聽到了剛剛行仁的那句話，但是卻如同什麼都不知道，神情自若地走進來，問行仁：「身體好些沒有？」

行仁趕緊低頭垂手，說：「已經好多了。」

「德妃照顧得很好，是個細心的人。」他看了盛顏一眼。

盛顏低頭默然，將自己手中的那一朵春水綠波丟棄在地上。

他示意景泰和行仁先下去，棲霞閣內靜悄悄的，只剩下他們兩人。

尚訓轉過身去看外面的蠟梅，天氣寒冷，蠟梅已經開始含苞了，乾枯的枝條上點綴著一顆顆灰黑的圓形花苞，也說不上美麗。冬天就是這樣的，灰的天黑的地，索然無味。

在一片枯槁的沉默中，他聽到她微顫的聲音，問：「聖上，臣妾能否，問一個事情……」

他「唔」了一聲，沒有回頭。

「臣妾的父親……當年留下來的那些混亂字碼，如今，聖上查清真相了嗎？」

他依然沒有回答，只是慢慢回頭看她。只見她一身毫無花飾的淺黃色衣裳，頭髮鬆鬆綰成螺髻。因為不知道他要來，她全身上下沒有任何首飾，素面朝天，連唇上都沒有點胭脂，只有耳上戴著顆小小的珠子。初冬的陽光從她身後的窗縫間照過來，她頰邊那顆珠子的光彩一直在她的臉上閃耀，星星點點，光芒照人。

像第一次見面的時候一樣，他被那點燦爛光芒迷了眼，茫然若失。

不由自主地，他走過去，緊緊將她擁抱在懷裡，彷彿忘卻了以往對她的怨恨，用力地收緊自己的雙臂。

他說：「查清了，但朕為什麼要告訴妳？」

盛顏感覺到他雙臂的力量，似乎要將她揉進自己的身體裡一樣，他狠狠地擁抱著她，讓她連氣都喘不過來。她將自己的臉埋在他的懷中，熟悉的龍涎香的氣息，讓她就像是漂浮在海中一般，全身脫力。

在這恍惚之中，她聽到尚訓在她的耳邊低聲說：「妳……這麼叫我失望。」他的語氣，讓盛顏打了個寒噤。她不敢在此時再提父親的事情，只咬住下唇等著他後面的話。

「我本來還想瞞過這件事，讓天底下妳知我知就可以了，誰知，妳連個不經常進宮的小孩子都瞞不過。估計現在宮裡所有人，都已經知道了吧……」

盛顏聽著他冰冷的語氣，卻不知道他所指的是什麼，猶豫著，抬頭看他。

他低頭注視著她的雙眸，一字一頓地說：「妳和瑞王，未免太張揚了。」

盛顏大驚失色，愕然地睜大眼睛。

「這樣，妳叫我……怎麼再容忍妳？」尚訓緩緩地放開她，低聲問。

盛顏默不作聲，只覺得自己心口一片冰涼。

良久，她垂下自己的雙手，低聲說：「請聖上讓我出宮回家吧……就當我，從來沒有進過這個地方，從來沒有遇見過你……」話音未落，她聲音哽咽，大顆大顆的眼淚頓時滾落下來。

灰黑的天空下，一片沉默，世界彷彿都凝固了，連風聲都沒有。

尚訓覺得自己的胸口被擊中一般，劇烈地疼痛。他按著心口，那一次的傷口，似乎從來沒有癒合過，還在撕心裂肺地疼痛著。

「離開我以後……妳準備怎麼樣？」

「我……為聖上長齋念佛，祈求聖上長平安，永康樂，一世歡喜……」她低聲說道，喃喃如囈語。

尚訓看著她，低聲嘆道：「那又何必？」

盛顏默然良久，跪倒在地，淚流滿面。「我……進宮之前，確實與瑞王曾經結識。但雖然如此，我從未做過對不起聖上的事情，盛顏……問心無愧。」

「宮中眼雜，我當然知道妳不可能與他有什麼事。」尚訓垂眼看她，低聲說：「我在乎的，是妳人一直在我的身邊，可是心卻不在。」

「我……」她聲音顫抖，不敢抬頭。

她其實，完全可以否認，甚至可以發誓自己一直愛著尚訓，可是，她終於還是沉默了。

她知道自己一生一世也忘不了那一天，春雨裡，桃花中，隔著遠遠近近的大雨，她與他一個照面，終生誤。

突然之間心灰意冷。

父親死的時候，母親握著她的手，說，阿顏，我們好好活下去。

現在，她已經沒有好好活下去的信心了。這人生這麼艱難，縱然宮廷中錦繡繁華，朝堂上權傾天下，也註定得不到自己想要的。

尚訓看到了她絕望的表情，他伸手，抬起她的下巴，讓她正視著自己。她下巴尖削，瘦減了好多，眼睛顯得越發大了。淚光中，倒映在當中的他的倒影，模糊不清。

這個人，若沒有心多好，就算只是一個沒有知覺的瓷娃娃，待在他的身邊，也比人在他身邊，心卻在別人那裡好。

尚訓長出一口氣，俯頭去親吻她的眼淚，將自己的脣貼在她的雙眼上，舌尖嘗到她苦澀的眼淚。

不知怎麼回事，脣觸到她柔軟而光滑的肌膚，心口的血似乎頓時沸騰起來，只想永遠這樣抱著她。若她柔軟的身軀是一泓水，他也願意自己投身其中，淹死在裡面。

他真的，永遠都不是她的對手。

真是絕望。

他牽著她倒在榻上，細細地親吻她，感覺到她在自己身下的顫抖，他收緊雙臂，將她用力攏在懷中，將自己的臉埋在她的肩上。

他有皇后與妃嬪，甚至在十二、三歲就有了良娣。可是現在，他卻如同初次得到擁抱的小孩，他不知道要如何繼續下去。

盛顏咬緊下脣，睜大眼睛看著頭上的藻井，龍鳳飛舞，萬般絢爛色彩，此時這些顏色似乎全都傾瀉下來，渲染得眼前的世界一片斑斕模糊。

他不想說話，只抱著她靜靜地偎依在榻上，他忽然覺得自己難過得想要大哭。這是他愛的人，她在自己的身邊，和他靜靜依偎。若他不知道她的心，這一輩子，那該多麼幸福。

他俯下臉，貼在她的耳邊，輕聲叫她：「阿顏……」

盛顏聽到了，她低低地應著：「嗯……」

「我曾經給過妳兩次機會，可妳都讓我失望了。」他將自己的脣，貼在她的耳邊，輕輕地說：「現在，我再給妳一次機會。如果這一次妳再辜負我……那麼我，永遠都不會再原諒妳。」

盛顏默不作聲，她側過臉看著窗外乾枯的樹枝，眼睛一熱，溫溫的液體順著眼角滑了下來。

尚訓輕輕地親吻盛顏的掌心，吻那上面的掌紋，就好像吻著她的人生一樣。她平靜地將自己的臉埋在錦緞之中，讓眼淚被無聲地吸乾。

德妃娘娘，真是個讓人不得不佩服的女人。

宮裡的人，本來就閒著沒事幹，現在好容易有點話題，當然要說得不亦樂乎。

「可不是呢，本來，她不知道為什麼獲罪於聖上，已經被送到雲澄宮去了，還以為她永世不得翻身了呢。誰想到，才過了這麼幾天，又回到宮裡了。」

「而且，聖上和她的感情不是還和以前一樣嗎？真不知道她是用什麼手段籠絡住聖上的。」

「如今連太子都認她為母妃了，還住在她宮中棲霞閣乖乖聽話，那她在這宮裡可不比皇后還厲害了？」

本來已經被送到行宮裡，眼看一世不得超生的盛德妃，突然之間又被尚訓所眷顧，再度成為炙手可熱的紅人。這麼強悍的手段，自然惹得閒極無聊的宮人們議論紛紛。

吳昭慎正隨意聽著，忽見宮門前有兩位內侍經過，而在他們身後的人，正是瑞王尚誠。

他站在重福宮門前，淡淡地聽著她們的談話，直到後面的侍衛白晝叫他：「王爺，可是有什麼事嗎？」

「沒什麼。」他說著，轉頭而去，吳昭慎看見他眼神中冷漠的寒光。

不會是……盛德妃曾經得罪過這位惹不起的王爺吧……吳昭慎心裡想著。她知道一開始盛顏進來的時候，瑞王就曾經挑剔過她，想要讓她出宮去。

瑞王一直對盛德妃有心結，現在知道她越發得寵，所以心裡不悅？

吳昭慎在心裡暗暗地替盛顏擔心，心想，就算聖上再喜歡她又有什麼用？瑞王與太后都不喜她，她在宮中又成眾矢之的，看來她將來，前途堪憂。不覺為她暗暗嘆了口氣。

天氣晴好，滿宮的梅花襯著積雪，在日光映照下瑩然生暈。

盛顏安靜地坐在梅花下刺繡，周圍一片靜謐，除了花瓣掉落的簌簌聲，其他什麼也沒有。

她繡得手腕累了，抬起頭來，默默地看向自己頭頂的梅花。

身後雕菰給她遞上茶水，她接過稍稍喝了一口，外面就有垂諮殿的人跑來叫：「聖上傳召德妃娘娘！」

她以為只是依例詢問太子的事情，所以也不在意，應了一聲便進去換衣服了。

本想穿莊重一點，但窗外梅花的緋紅色透簾而來，一室被映得都是嬌嫩顏色，盛顏不覺嘆了一口氣，換了一身厚暖的孔雀綢。

這身料子在暗處是緋紅色，而在日光下則呈淺淡紅，是她剛入宮時內府送過來的。

在穿過梅花的時候，看到這一樹樹嬌豔顏色，一個恍惚，她彷彿看見春日桃花下，瑞王仰頭對她微笑的神情。

花朵是輕薄的生命，開得恣意妄為，全不管身在何處。

她靜靜看了一會兒，對自己說，她現在在宮中，在皇帝的身邊。等到皇帝這一陣子置氣過後，她父親的冤案也能水落石出。

在雲澄宮的那個暗夜，她已經拒絕了瑞王，也拒絕了自己以後所有的幸福可能。她還想著以前有什麼意義呢？

阿顏，好好地活下去。

至少父親去世之後她們母女所受的苦痛，如今她已經全不用害怕。

人生如此，多麼幸運。

到垂諮殿時，她才發現今日安靜異常，大學士和眾知事全都不在，顯得有點空蕩。

尚訓正在殿內，見她過來了，只是示意她坐在身邊。

她左右看了看，見尚訓只是低頭批奏摺，忍不住低聲問：「不知聖上召我前來，是有什麼事情呢？」

尚訓抬起頭看著她，微笑道：「沒什麼，只是覺得天色這麼冷，這個宮殿這麼大，真冷清……有妳在身邊總比較暖一點。」

她忍不住笑出來，說：「並不冷啊，殿內有地龍呢。」

他看著她，低低地嘆了聲：「不解風情。」
他抬手去撫摸她的臉頰，她抬起眼，正對上他的眼睛。
像今年春天的初遇一樣，兩個人看著彼此。
她還是一樣，美麗而平靜，只是多多少少有點疲倦。
他也還是一樣，清秀而恬淡，只是神情卻是恍惚的，不知道在想些什麼。
他們互相都看到對方已經沒有了清澈的眼睛。

兩人相視無言，直到景泰進來稟報：「瑞王爺來了。」
盛顏驚得站了起來，今天尚訓叫她過來，居然還有瑞王。
尚訓回頭看她，忽然對她微微笑道：「沒事，妳何必這樣神情？」
盛顏茫然失措，只能對著走進來的瑞王深施一禮。瑞王見過尚訓，然後點頭對她還禮，兩人落座，彼此無言。
尚訓微笑道：「春天若是不看花，豈不是浪費了？」
瑞王微微點頭，並不看盛顏。而她心裡也不知道今天這是什麼情況，只好在一邊默默無語。

唯有尚訓興致勃勃，說：「我前幾天去御花園，看到那裡的梅花修剪得不錯，只是不知道現在盛開了沒有。」

景泰在旁邊說：「已經遣人去看過了，稀稀落落開了幾朵，在雪地裡也挺好看的。」

尚訓皺眉說：「這哪有賞梅的氣氛？」

盛顏遲疑道：「我的宮中梅花倒是開得不錯，怎麼御花園的反而不好？」

「朝晴宮面向東南，地氣暖和，確實該是開得最好的。」景泰趕緊說。

尚訓便轉向瑞王，問：「朕準備去看看，皇兄要一起來嗎？」

瑞王與這兩人不同，對於賞花向來沒什麼興趣，隨意地說道：「隨聖上的高興吧。」

到朝晴宮外面時，尚誡稍稍停了一下，向旁邊瞥了一眼。盛顏回頭看他，他收回目光，微一遲疑，便跟著他們進去了。

雕菰將茶點奉上，三個人在前殿喝了幾杯茶，轉到後面看梅花。在晴好天氣下，花朵襯得滿庭都是豔麗的紅色。現在正是朝晴宮的梅花開到最好的時候，一樹樹花像胭脂錦緞一般鋪著。

尚訓回頭看瑞王，卻發現盛顏站在瑞王的身後不遠，她低垂著面容看地上的落花，陽光照得她一身衣裳發出淡淡紅色光芒，在周圍緋紅背景之前，一片安靜裡，她的容光幾乎照徹整個清冷的宮廷。

如同簇擁在朝霞裡，這樣美麗，這樣動人。

看的人只覺得說不出的安靜，周圍的風都停止了流動，一切都是舒緩而安定的。

尚訓轉頭去看天空，彷彿故意打破此時的寧靜，他笑著對盛顏說道：「好久沒有聽妳吹笛了，今日良辰美景，妳吹一曲吧？」

盛顏遲疑著點點頭，轉頭對雕菰說道：「去取笛子來。」

雕菰忙到庫房去，將盛顏放笛子的箱子打開，挑了一支碧玉笛，一支紫竹笛，一支黃竹笛。

景泰過來，將手中的另外一長一短兩支笛子交給她說：「這兩支是聖上用慣的。」

雕菰便取了托盤，捧這五支笛子過來，先呈到尚訓面前，尚訓伸手取了那支長笛，示意她給盛顏挑一支。

盛顏看了一下，將自己平時慣用的黃竹笛拿在手中。

尚誡則一口拒絕：「我不會這種東西。」

「那麼皇兄喜歡什麼曲子？」尚訓笑問。

尚誡略一沉吟，說：「就請德妃娘娘吹奏一首〈落梅〉吧。」

盛顏舉笛在口，笛聲便如珠玉滴滴落地，悠揚清越，尚訓用自己手中的長笛輕輕敲著自己的手心打拍子，入神地聽著。尚誡坐在他的旁邊聽著這首〈落梅〉。這曲子樂音輕柔融洽，糅合著此時豔陽照在積雪上光芒燦爛，四周梅花無風自落，景色中人融融欲醉。

尚訓將自己手中的笛子放到口邊要和盛顏，卻微微詫異，橫過來看說：「今天這笛子怎麼……」

尚誡就坐在他旁邊，聞言便習慣性微微湊身過去看。不料尚訓的話音未落，他笛子中已經寒光一閃，那裡面藏著的薄薄一把匕首迅速刺入瑞王的胸口。這把匕首顏色幽藍，刀口極其鋒利。

瑞王見機，立即將自己的身子一側。但兩人距離太近，雖然他躲閃得快，卻只躲開了心口，只聽得輕輕的「啵」一聲，那把匕首已經在他肩頭及柄而沒。

正在吹笛的盛顏被此時突然的變故驚駭得倒退數步，重重撞在後面的梅花樹上，受這一震，一樹的紛亂花瓣傾瀉而下，全都落在她的身上。

尚誠受了那一刀，劇痛之下，已經伸手扼住尚訓的脖子，狠狠將他按在石桌上。

尚訓自從去年秋天那一箭之後，一個冬天都沒能將養好，此時胸背受襲，舊傷綻裂，一口鮮血噴在瑞王袍袖上。

只聽有人大喊一聲：「護駕！」數十個全副武裝的人衝進來，領頭的正是京城防衛司右丞君容與，率先奔去將刀架在瑞王尚誠的脖子上。

尚誠再也支持不住，胸口鮮血已經順著匕首的血槽流下來，溼了半個身子。

他踉蹌跌坐在欄杆上，勉強指著尚訓問：「……皇上？」

尚訓氣息急促，良久才回頭，他臉上全無血色，面色慘白，盯著盛顏，低聲叫她：「阿顏……」

盛顏此時眼前一片黑暗，所有明麗的景象都已經變成灰黑。

她沒有力氣走過去，只能靠在花樹上，茫然地低低應了一聲：「是……」

「妳今日立了大功……」尚訓忽然提高聲音說：「要不是妳，朕還真無法除去瑞王這謀逆亂黨！」

盛顏在恍惚間看到瑞王尚誡冰冷而絕望的目光落在自己身上，她這才明白尚訓的用意。

可是她看著眼前的血跡，什麼也說不出來。

冬陽溫暖，梅花嬌嫩，片片花瓣落在她的身上，和衣服融成一體，分辨不出。

就好像她眼前大片的血，渲染在一起，誰又能分得出哪些是尚訓的，哪些是尚誡的。

但，其實又有什麼分別？反正留給她的人生，只剩絕望與悲哀。

她丟開手中的笛子，將自己的臉埋在膝蓋中，無聲地，淚流滿面。

瑞王尚誡以謀逆罪投入掖庭獄。

「據說瑞王爺是不成了……」雕菰去探聽消息回來，心驚膽顫地告訴她說：「聖上那一刀傷了他的肺，而且刀上還淬有劇毒，聖上是打定主意要他的命了。

還有啊，原來昨晚君防衛早就帶人埋伏在宮裡了，就是為防瑞王的兵馬呢。」

盛顏卻並沒有吃驚的樣子，只是木然抬頭看她。雛菰一見她的神情，嚇了一跳——她臉色灰白，全身沒有一點熱氣，幾乎與死人無異。

「怎麼……」她驚惶地扶著她的肩，正要勸她躺下休息一下，卻不料門口有人奔進來。「德妃娘娘，聖上召見，請速到仁粹宮。」

盛顏看著那個人，竟半天認不出是誰來。

雛菰急了，用力在她的肩上一掐，她這才清醒過來，認出來人是景泰，這才恍恍惚惚站起來，跟他過去。

才到白玉石的殿基下，抬頭看見尚訓站在上面看她。他身體剛受重創，又站在背陰處，臉色蒼白如同冰雪。

盛顏心裡陡然湧起一陣驚駭，才邁上一步臺階，就腳步虛浮，跪倒在玉石臺階上。

她覺得自己臉上冰涼一片，伸手一摸才發現全是眼淚。

尚訓慢慢走下來，將手伸給她，輕聲問：「怎麼了？」

她抬頭看他，這個原本無比熟悉的人，現在她卻已經全然不知道他要做什麼。

她覺得自己畏懼不已，看了他好久，才顫抖著將自己的手放在他的掌心。

他的手冰冷，她也是。

他已經長大，應該到了朝政交替的時候。現在剷除朝中的最大勢力，他做得天經地義，難道不是嗎？

「朕手臂無力，已經無法寫字了，德妃替我擬詔吧。」他說。

明明，他的樣子，並不比她虛弱。

但盛顏也只能默然取過旁邊的筆墨，把自己的眼淚一點一點磨進墨裡。用筆蘸起就著眼淚磨出的朱墨，她提起筆，微微顫抖著看尚訓。

「瑞王謀逆，此誠……」他講到這裡，喘了一口氣，看看盛顏的神情，冷冷一笑，說：「不講廢話了，妳就寫瑞王謀逆，十惡不赦……念其乃皇家血脈，賜……獄中自裁。」

盛顏握著那枝朱筆，手腕顫抖。

尚訓在旁邊看著她的筆遲遲不落下去，心裡血潮翻湧，不知不覺胸口的傷又發作，血湧在錦衣上，開出大團鮮紅花朵。

他臉色灰白，與死人無異。外面天色陰沉，陽光已經退去，他神情愈發冰冷，聲音僵硬：「盛德妃，妳難道沒有替朕寫過詔書？」

盛顏在這昏暗的傍晚天光中，迷迷糊糊想起那一日的桃花。

整個春天，全都沉澱在那一天的桃花上。他在自己耳邊低聲說，我想要娶的姑娘……像妳這樣的。

願為雙鴻鵠，振翅起高飛。

一切都是命運吧。大雨中的初遇，三生池上那一個吻。

她為了對他的承諾，奮不顧身來到這個宮廷，然後，讓他死在她親手寫的詔書之下。

瑞王謀逆，十惡不赦。念其乃皇家血脈，賜獄中自裁。

她用眼淚磨的朱墨，用自己親手寫的字，送他離開人間。

尚訓看過她寫的詔書，讓景泰取玉璽印上。

他心事已了，再也支撐不住，坐在椅上，勉強說：「都城之外，瑞王各部已經蠢蠢欲動。雖然朝廷嚴密封鎖消息，但周近的駐兵已經趕赴過來。兩淮督軍因為阻攔京左將領，被暗地斬殺……妳看，他的兵馬這麼快就已經到達京畿，說明他早已經部署好一切，恐怕這幾日就要顛覆我朝，所以若此次我不趁早冒險下手，過幾天死的人就是我。」

「聖上……」盛顏顫聲問：「瑞王把握朝政這麼久，可以說是根深柢固，這一次雖然擒住了他，但恐怕他的勢力在朝中難以根除。這一次殺了他，若不能退兵反倒激起國家異動，絕非朝廷之福。不如聖上將瑞王分封到邊地也就算了……」

尚訓冷笑道：「一旦縱虎歸山，朝廷才真會大亂，到時首先死的就是妳我。」

他說著，支撐起自己的身體，湊近來抱住她的肩，低聲問：「而且妳認為他這樣的重傷和劇毒，還能活著出掖庭獄嗎？」

盛顏任由他冰涼的手抱著自己，咬緊下唇。直到過了半晌，她才低聲說：「是……聖上英明。」

她心裡冰涼一片。

告退之後，盛顏一個人在朝晴宮中徘徊。

太陽微微西斜，顏色亮黃，京城的亭臺閣榭如同鍍上一層金色，這金色卻是稀薄暗淡的，如同年深日久，黯然褪色。

盛顏駐足在日光下，看著滿目蒼涼的冬日景象，良久，才問雕菰：「太后與聖上一番爭執後，如今是住在西華宮嗎？」

「是……聖上遇險之後，太后便火速回京了。」只是盛德妃一直被禁足，所以並未見過她。

盛顏點頭。「妳準備一下，跟我去西華宮一趟。」

在走出大殿的時候，她轉頭，看見了筆直站立在那裡的鐵霏，便隨口說：「今日宮中不太平靜，也許會有瑞王的殘部垂死掙扎，我如今剛剛招惹了瑞王，擔心出事，你……也跟我一起來吧。」

鐵霏點頭稱是，跟著她和雕菰一起去了。

太后聽說盛德妃求見，略有詫異。

如今太后已經今非昔比，後宮的人都知道尚訓因為與她不和而將她安置在這裡，並且削減了她的用度。宮中人勢利，見她已經失利，伺候得也就不大嚴謹，她每天也僅是吃齋念佛而已。唯有元貴妃身體孱弱，也是一心向佛，宮殿離得較近，便日常過來幫忙照料西華宮中起居事宜。

今天德妃居然會在日常請安之外過來，她很是驚訝，便叫自己身邊最親近的女官迎出來接她進去坐下。

「德妃此次助皇上剷除逆賊，可算立下了大功啊。」太后說。

盛顏向她行禮，低聲說道：「太后謬讚，這都是祖宗之福，聖上英明，上天庇佑。」

太后身邊人送上茶來，兩人一起喝茶，說了一些佛經故事。盛顏不動聲色地查看她的神情，見她雖依然雍容華貴，但卻掩不去眼中遲緩憔悴，不由在心裡暗嘆。

她心想，皇帝其實早已認定對自己下手的人是瑞王，可為了掩蓋用心，迷惑朝野，居然寧可與太后起這場齟齬，也不肯在當時承認太后對瑞王的指正——現在想來，真的好可怕。

然而，再殘忍的事情都要上演，她是目睹了兄弟殘殺的那一幕的，所以這個念頭也只在她心中閃了一閃，也便壓下去了。

「對了，臣妾給太后帶了一份禮物。」她彷彿忽然想到一件事，轉頭對雕菰說：「那本《維摩詰經》帶過來了吧？」

這本古刻版《維摩詰經》正是以前太后百求不得，被尚訓私藏在她那裡的；現在看見，太后真是愛不釋手，抱著就不捨得放下。

盛顏便說：「我平時也就是隨手翻翻，太后若是喜歡，就請放在身邊看看吧。」

太后笑著點頭說：「既如此，哀家就笑納了。」

她親自捧著書到旁邊櫃子邊去，那裡放的都是她珍視的東西，盛顏在旁邊看著。太后將其中一個雕鏤精緻的玉釵拿起來給她看，說：「這是先皇賜給我的，我現今老了，再也用不起這樣鮮豔的首飾了，只有妳配用，不如就給了妳吧。」

「多謝太后恩賜。」她忙道謝，恭敬接過。

太后畢竟老了，精神不比以前，說了沒幾句話，有點疲乏的樣子。盛顏起身告辭，帶著鐵霏和雕菰離開。

走出西華宮，前面是青磚的宮道，濃密的馬尾松夾道栽種，覆蓋得裡面不見天日，昏暗一片。

盛顏在前面走著，而雕菰和鐵霏在她的身後，三個人一起走著。就在快要走出這條宮道的時候，盛顏突然停了下來，對雕菰說：「太后應該很快就能從這裡出來，重新入主壽安宮了。」
雕菰詫異地問：「娘娘怎麼知道？」
「妳沒看到，太后的令信還在剛剛那個櫃子中嗎？那是可以自由出入宮禁、京城、掖庭獄的鳳符。這麼重要的東西聖上都沒有收回，卻將太后遷到這裡，只是在現在局勢下為了不讓太后受驚……或者，也為了消除瑞王的警戒心吧。」
「……原來如此。」雕菰應和著。鐵霏卻沒有說話，只是專心致志地聽盛顏說話。
盛顏繼續說道：「但即使有了鳳符，要進掖庭獄可以，要提瑞王出來，那是萬難……除非有聖上手書，才可以將瑞王帶走，那幾乎是不可能的。」
雕菰趕緊說道：「是呀，掖庭獄禁衛森嚴，怎麼可能有人敢呢？」
盛顏默默地出了一會兒神，然後說：「不過，聖上之前朝政都交給瑞王掌管，所以有一個代行諭旨的印信，放在天章閣文華齋的印箱內，以備不時之需。如今朝中盡知聖上傷勢嚴重，這印信要是蓋在聖旨上，說不定掖庭獄的人會被騙過去……」
「可倉促之間，瑞王的親信不可能有人知道的。」雕菰看她神情緊張，還以為她是擔憂瑞王的人來劫獄，便說。

盛顏點頭道：「那倒是……」

她說到這裡，轉頭看向鐵霏，說道：「我總是放心不下，你馬上幫我去天章閣看看，是否有什麼動靜……問就不必了，免得被人發覺。」

「是。」鐵霏點頭稱是，轉身極速離去。

盛顏看他去得這麼迅捷，這才覺得自己後背的冷汗一下子全都冒了出來。她抬手，略微擦了擦自己額頭的汗水，低聲叫：「雕菰……」

雕菰趕緊答應。

「我們，去掖庭獄看看。」她仰頭看著堆滿將化未化的白雪的馬尾樹梢，輕聲說道：「去……見瑞王最後一面。」

雕菰嚇得急忙道：「娘娘，這……這怎麼可以？聖上會動怒的！」

「我管不了這麼多了……」她低聲說：「反正，我也不知道自己還能活多久。」

本朝掖庭獄設在皇宮西北角，盛顏雖然是宮中嬪妃，但她剛剛助皇帝擒下妄圖謀逆的瑞王，是此事的大功臣，所以掖庭獄的幾位長官都不敢阻攔。

正在掖庭獄中審問瑞王的刑部尚書趙緬知曉盛顏到來後，趕緊從裡面出來叩見。

趙緬是瑞王在朝中最為倚重的臂膀之一，他以前在刑部做小官時，因為得罪權貴而差點送命，是瑞王力排眾議提拔上來的。在他整肅下，刑部典獄森嚴，但他在朝中也是樹敵頗多。此次瑞王生死攸關，被調集來掖庭獄審問瑞王的居然是他，也算是命運。

盛顏淡淡說道：「聖上詔書已經下了，賜瑞王獄中自裁。稍後宮中聖旨到來，你今晚可斟酌行事。」

趙緬叩首答應，心想，士為知己者死，我在朝中已無立足之地，以後下場必定悽慘，不如隨瑞王而去。只是這個德妃娘娘外表這樣溫柔和順，想不到卻能與皇帝定下如此險著擒下瑞王，真叫人看不出來。

盛顏再說了句「你先退下吧」，便向內走去。

雖然外面還未到黃昏，但越往裡走，裡面越是黑暗，大白天也上了火把照明。

瑞王尚誠被囚在最裡面的一間密室，三面石壁，前面是兒臂粗的鐵柵欄，戴著腳鐐鐵銬，插翅難飛。

看見她到來，他緩緩坐直，兩個人隔著鐵柵看著對方，不知能說什麼。

他身受重傷，又中毒頗深，在獄中熬了這一會兒，臉頰立即有了陰影，只有一雙眼睛，依然銳利如鷹。

最後是她開口問：「瑞王爺還好？」

「拜妳所賜。」他低聲說，聲音嘶啞。

她心口湧起冰涼的悲哀，但也無從爭辯，只慢慢在外面踱了幾步，低聲說：「瑞王爺的兵馬來得好快，如今已經在京城之外，想必是早有準備？」

「尚訓也準備得不遲。」他輕描淡寫。「今日去宮中之前，我早已接到密報說，宮城異動。而且在妳的宮外也覺察到不對。但我還是進去了，還以為幾個防衛司的人不足為亂，還能趁這個時機師出有名……」

說到這裡，他忽然抬頭對盛顏一笑。「不過雖然早有防備，我卻還是漏算了一點。不相信德妃會想要我的命，是我最大的失誤。」

密室中不見陽光，兩人的容顏都在跳動的火光下明暗不定。

在一片凝固中，尚誡冷笑著問：「德妃經此一場功勞，必定重新得到皇上的寵愛了，我先在這裡恭喜妳了。那麼殺我的詔書已經下了嗎？」

「下了……而且，是我親手寫的。」她一字一頓，用力地說。

當初她親筆寫下詔書為他擇妃時，她沒有勇氣承認，而這一回，她卻毫不遲疑地應了。

尚誡長長出了一口氣，說：「沒想到我是死在妳的手裡。」

盛顏用力咬著下脣，拚命不讓自己發出聲音來。

她聽到尚誡冷冷地說：「盛德妃，如果有下輩子的話，我不會再犯這樣的錯誤。」

盛顏出來的時候，刑部尚書趙緬正在外面恭敬守候。她低聲問他：「陛下旨意，你們可收到了？」

趙緬點頭道：「午間時收到的。」

盛顏頓了頓，然後說：「今晚遲點，好好送他上路吧。」

她聲音此時微微顫抖，竟似控制不住自己。

趙緬驚疑不定，看她轉身出大獄，牆上跳動的火光將她身體拉得忽長忽短，波動不定。她身子太過纖細，竟似要消失在火光中一般。

從掖庭獄離開，已經是黃昏，太陽剛剛落下，月亮就已經升起。圓月缺了一塊，從枯樹梢頭看去，分外冷清。

鑾駕從宮城中經過，眾多宮人退避在旁，羨慕觀望。

她看見常穎兒帶著嫉恨與乞憐的神情，從旁邊的冷寂宮苑中跑出來，大約還妄想著能攔住她說說話，希望她能提攜自己回到離皇帝比較近的地方。

然而盛顏的目光漠然從她臉上移開，彷彿沒看到她一樣。

她想跟常穎兒說，其實這個宮裡，離中心越遠越好，如今遠離皇帝，反倒是她的幸運。

但她只覺得身心俱疲，也懶得開口了，任由內侍將她拖開。在一眾宮人豔羨的目光之中，鑾駕行遠。

誰不羨慕她？她是當朝德妃，她是太子母妃，她幫助自己的丈夫除掉了朝中最大的障礙，普天之下的女子，誰能比她更尊貴？

可只有盛顏知道自己心裡湧起的冰冷絕望。

這人生，畢竟不是以地位來計較幸福的。

回到朝晴宮中，天色已經徹底暗下來。

她一個人在深深的宮牆之內徘徊，周圍一片死寂，只有風聲不知世事，間或呼啦啦颳過，驚醒沉思中的盛顏。

她抬頭看看四面，神情平靜而疲倦。

未來也沒有什麼好怕的，現在已經是她最壞的時候。

雕菰走進來，有點焦急地說：「娘娘，鐵霏到現在還沒回來，是不是派人去找找看？」

盛顏搖了搖頭，沉默一下，卻又說：「妳叫個內侍去稍微問一下吧。」

「是。」她答應了，又說：「夜風這麼冷，雪還沒化呢，娘娘還是回去歇息吧。」

「不用了。」她淡淡地說：「我再等等。」

雕菰不明白她在等什麼，又不敢問，也只好先退下了。

不知道過了多久，眼看月亮漸漸西斜，景泰奔到朝晴宮，在外面對雛菰急聲說：「快請德妃娘娘，緊急要事，聖上召見她。」

雛菰心裡一驚，趕緊進內來，看見盛顏還站在那裡發呆。也不知道為什麼，雛菰望著她冷淡而平靜的神情，悚然驚出一身汗來。

「娘娘，聖上召見。」

這一句話入耳，盛顏才如臨大赦，臉上現出微微的笑意來。

她點頭說知道了，卻並不著急，慢慢進殿內換了一身松香色衣服，對著鏡子看了許久，又換了一身藕荷色裳裙。

雛菰見她鬢邊有一點亂髮，想要替她攏上，她卻制止了。

來到仁粹殿，君容與侍立於皇帝旁邊。

皇帝若有所思地打量她，說：「這麼深夜讓德妃趕來朕宮中，不知道會不會打擾德妃休息了？」

「臣妾微賤之軀，但憑聖上吩咐。」她說。

兩個人對話平靜又客氣。君容與在旁邊看著他們，沉默不說話。

「瑞王逃出城了。」尚訓說。

盛顏那平靜的臉上頓時現出愕然神情，吸了一口冷氣問：「掖庭獄防衛森嚴，怎麼會……」

「刑部左丞剛剛過來說，宮中有個侍衛拿著鳳符和代行朝政的手書來提瑞王，茲事體大，他們本不敢交人。但刑部尚書趙緬卻一力承擔下來了，並且與那位侍衛一起押送瑞王進宮。但卻在半路上，三人失去了蹤跡。」

盛顏默默地聽著，臉上不知是喜是悲，尚訓注意著她的神情，見她滴水不漏，微微一頓，便繼續說下去：「君防衛去城門看過了，趙緬已經帶了幾個人用太后的鳳符出城了。守衛以為是與外面的兵馬有機密事，不敢阻攔。瑞王就這樣逃脫了。」

盛顏聽著，低聲驚懼道：「這可如何是好……」

仁粹宮中燈火通明，照著她惶急的容顏。她在燈光下目光與尚訓對視，有驚慌與後怕，就是沒有心虛。

尚訓見她這樣的表情，便又說：「這樣重大的機密事，居然就這樣功虧一簣。德妃認為該如何？」

「自然是盡快追趕，或許能來得及也未可知。」她說。

尚訓微微點頭，轉身對君容與說：「讓沈牧謙帶人去捉拿他，趕上了格殺勿論，有功之人均可連升三級，另加重重賞賜。」

盛顏在旁邊說道：「沈牧謙以前是瑞王麾下將士，後來積累軍功被瑞王提拔到這個位置，假若他像趙緬一般，恐怕於朝廷不是好事。不如勞煩君防衛走一趟，相信君防衛不會令我們失望。」

尚訓看向君容與，他年少氣盛，立即領命，轉身奔出。

殿內安靜下來，又只剩下尚訓和盛顏兩個人。

遠處傳來低低的宮漏聲，已經是深夜了，尚訓看著盛顏，突然柔聲道：「這麼晚了，霜冷雪滑，不如妳就在這裡休息吧，朕……傷口有點疼，妳在朕身邊的話，朕也許能好一點。」

盛顏聽到他溫柔虛弱的言語，心中覺得微微觸動。她答應了，抬頭看他，在宮燈的燦爛光華下，他臉色蒼白，疲憊之極。

她難過得幾乎流下眼淚來，可在心裡，又有點如釋重負。

尚訓將他傷成那樣，他也把尚訓弄成這樣，如今她借別人的手放走了那個人，也算是，還了他那一吻的情意。

從今以後，瑞王尚誡，你是你，我是我，我們各自苟活於人世角落，再也不見了。

她這樣想著，內心不覺輕鬆起來。從此以後，她再也不會掛心那個人了，只有眼前這個人，是她的依靠，她應該要一生一世好好侍奉的人。

她上前去，扶住他，說：「天色已晚，聖上早點休息吧。」

尚訓點點頭，猶豫了一下，伸手緊緊抱住她，低聲說：「阿顏……無論如何，只要妳在朕身邊就好。」

盛顏沒有掙扎，只柔順地將自己的臉埋在他的懷裡，眼淚模糊。

她卻看不到尚訓的表情，他怨恨的目光盯著她的頭髮，緊緊地咬住下唇。

而盛顏卻以為他只是因為身體不適而呼吸沉重，等眼淚稍乾，便小心地將自己的身子從他的懷裡脫出來，輕聲說：「我會……一直在聖上身邊的。」

他閉上眼，笑了一笑，低聲說：「半個時辰前，在西華宮，我去向母后詢問鳳符的下落，母后對我說，今天，只有妳去過她那裡。」

盛顏驚詫地怔了一下，忙說道：「臣妾只是因為瑞王那件事所以心神不寧，才找母后談論佛法。太后只賜了我一支玉釵，我走的時候，也沒聽說母后那裡的鳳符出事……此事與我，絕無任何關係。」

「後局去查了內宮侍衛名錄，據說那名去掖庭獄提取瑞王的侍衛，是盛德妃身邊的人。」

「侍衛？難道是……是鐵霏？」她愕然地問：「難怪今日黃昏後就不見了他，我還派了個內侍去到處問呢，沒想到這人居然會是瑞王那邊的人？」

尚訓伸手撫上她的臉頰，低聲說：「瑞王對妳始終有覬覦之心，只是我想不到他會神不知鬼不覺地安排了一個人在妳身邊。」

盛顏惶急地說道：「內局實在太過馬虎了，居然沒有查清楚，以後要小心才是。」

她雖這樣說，但也知道即使盡力不留下痕跡，但尚訓也一定並不會太相信自己，抬頭看他的表情，誰知他卻只是點頭贊成，說：「妳說得對……朕相信妳。」

盛顏抬頭看見他冷淡的神情，不知怎麼，覺得這個一直對自己溫柔呵護的人，早已經有了改變，變得令人畏懼，再也不是她可以依託的人。

她默不作聲，只希望以後有一輩子的時間，慢慢地讓他知道自己真的已經下定了決心，再也不會回首從前。

她覺得自己的眼睛有點刺痛，轉頭一看，窗外的天色已經漸漸亮起來，天邊的朝霞漸漸染成暈紅。光芒萬丈的朝陽下，尚訓的側面被照得明亮通透，面容的曲線起伏盡是金色。

一切如此平靜。

只這人，是她以後的一生。

雪後初霽，梅花開得極盛，花瓣落得無休無止。

盛顏獨自一人坐在花中，看著自己手中的文集，讀到「江南四月，雜花生樹，群鶯亂飛」一句時，有一片花瓣無風自落，輕輕掉在她手中的書上。

她拂去書頁上的梅花，忽然悲從中來。抬頭看天空，一隻無名的小鳥在碧藍的天空中橫掠而過。

落花，融雪，藍天，飛鳥，四周靜謐無聲。這個世界，美麗到這樣空蕩。

她將自己的額頭抵在膝蓋上，聽著自己平靜的呼吸。

雕菰從外面進來，說：「德妃娘娘，君右丞與京城防衛司的輕騎兵馬回來了。」

她慢慢說：「是嗎？」放下自己手裡的書站了起來。
「娘娘怎麼不問他有沒有追上呢？」雝菰問。
她淡淡說道：「君容與怎麼可能追得上瑞王爺。」
尚訓聽說瑞王逃脫，知道這一下縱虎歸山，將來定是心腹大患，不過木已成舟，也並不責怪君容與，只是說：「終究是追趕太遲了，無可奈何。」
反倒是君容與，心中悔恨不已。
「此事，朕知道罪責全在一個人，但是現在還沒有辦法抓到她的把柄，而且，朕也沒有辦法下狠心治她的罪……」尚訓淡淡地說：「所以，有一件事情，你悄悄替朕去辦了。」
君容與忙說：「謹遵聖旨。」
尚訓示意他近前來，然後低聲說：「城東丁香巷盛宅，四個人，一個活口也不留。」
君容與並不知道盛宅住的是什麼人，領命正要走，尚訓忽然又猶豫，抬手說道：「等一下。」

他坐在那裡，忽然想起那一夜盛顏與母親在廚房裡的低聲對話，在她家吃的粗糲綠豆糕；還有，中秋後的那一天，他們在初晨陽光中醒來，盛顏偎依在他的身邊時，兩個人商議著晉封她母親的名號。那時的盛顏，臉上帶著孩子一樣依戀的笑容。

這以後，她再也看不到自己的母親了。

他未免覺得心裡難過，但，終於還是揮揮手說：「去吧，你記得，這是瑞王在逃離之後，傳消息吩咐留在京城的殘部代他殺的。」

君容與恭敬行禮。「是。」

他在出殿之後，並沒有去考慮對方是什麼人，一心只想著，如何才能讓人知道這是瑞王殘部做的事情。

他換了便裝到城東去看了看盛宅，觀察了裡面的四個人，一個衰弱婦人，一個丫頭，一個應門兼做雜活的下人，還有一個廚子，老弱婦孺，根本沒什麼大不了的。等到天色昏暗下來，他私下裡指了孑然一身沒有任何親人的馬威，和前幾天被人揭發欺行霸市、卻還沒有來得及處理的張大為，讓他們不必準備，立即跟他到城東去。

因為最近朝廷中事情頻發，所以街上已經宵禁。君容與一行三人到城東的時候，還只有二更左右，但街上已經沒有一個行人。

君容與到丁香巷，找到白天已經看好的盛宅門口，抬手敲門。

應門的那個中年男人，口中抱怨著，披衣起床來開門，還沒等他看清面前的人，已經被人一刀砍斷脖子，撲通一聲倒地，血流不止。

君容與冷靜地讓馬威收了刀，示意他到旁邊的廂房，將那個廚子割了喉嚨，然後三人到正屋去。睡在外間的丫頭驚醒，迷迷糊糊地爬起來正要開口問的時候，張大為按住她的脖子，一刀砍了下去。

丫頭的屍體倒地時，盛顏的母親在內間聽到了，她在裡面聽著外面的聲響，疑惑地問：「小梅，起夜摔倒了？」

君容與壓低聲音，對馬威和張大為說道：「把那幾個人的屍體都拖到柴房，記得去廚房把豬油菜油什麼的都拿來。」

那兩人點頭，到外面去了。君容與冷靜地走到內間去，摸出自己腰間的匕首。盛顏的母親正從床上下來，月光斜照在積雪上，外面進來的人，手中匕首閃出雪亮的光芒。

她驚呼一聲，下意識地往後躲，後面卻是床的踏腳，她一下就倒在床上，驚恐地看著面前人。

君容與趕上去按住她的嘴，他訓練有素，殺人極其順手，匕首向著她的脖子落下去的剎那，他看到了手下這個中年女人的眼睛。在這一瞬間，他忽然恍然大悟，盛宅，這個年紀的女人，估計，她是盛德妃的母親吧。

窗外積雪的光芒，將化未化，點點如星。

在這點點明亮中，君容與忽然想起，他在雲澄宮，第一次看見盛顏的時候。

在背後的水風中，她一身素白的衣服如同雲霧一般獵獵飛揚，背後無數白色水花不斷開謝。瀑布在往下流，她恍如緩緩上升，在他的恍惚感覺中，彷彿她正在羽化成仙。

原來聖上懷疑的人，是盛德妃。

但，只是一瞬間的遲疑而已。他手中的匕首，畢竟還是落了下去，劃破了黑暗，紅色的血，由她的脖頸斷口處，噴湧而出。

他出去的時候，馬威和張大為也已經過來了。

「已經將屍體都擱在柴房了，屍體上全都潑上了油，應該能燒得乾淨。」他們說。

君容與點頭，說：「做得好，把裡面的那具也拖出來吧。」

兩人把盛顏的母親也拖出來，一起放到柴房點燃之後，還沒來得及站起來，便只覺得背上一涼。馬威詫異地看到張大為倒了下去，他愕然回頭看，君容與便順手給他的胸口添了一個窟窿，他的匕首無比鋒利，吹毛可斷，拔出來的時候，只有淡淡的些微血跡。

他看著一地的狼藉，再看著自己身上的血跡，不由得皺起眉。

抬頭看天色潔淨，夜幕中繁星無數。積雪的寒氣中，隱隱透著冷淡的梅花香。

梅花香，同樣也瀰漫在盛顏的宮裡。

這是平常的一個冬夜，已經快要到年底了，盛顏和雕菰商議著宮裡除塵的時候要躲到哪裡比較好。

「還是躲到御花園過一天算了，不然的話，待在殿內又要被染得一身塵土。」

雛菰說。
盛顏無奈地問：「但是躲到御花園可要吹一整天的冷風，妳這個丫頭最怕冷了，難道願意去？」
雛菰抓抓頭髮，然後說：「說得也是。」
盛顏看她有點無精打采的樣子，知道她依然為了鐵霏的事情在耿耿於懷，便伸手去拍拍她的臉頰，微笑道：「沒什麼大不了的，雛菰，我改天求聖上幫妳找個朝中最有前途的少年俊才，把妳風風光光嫁出去。」
「哎呀，德妃娘娘別開我玩笑了……」雛菰滿臉通紅。「我現在才不想呢！能一輩子服侍您就是我的福氣了。」
「傻瓜……」她笑著，恍惚出神。「我以前在家裡的時候，也對我娘這樣說過一模一樣的話，我知道這是口不對心的。」
說到這裡，她停了好久，又低聲說：「若是可以的話，小年那天，我能回家像以前一樣幫我娘做糖瓜，那該多好。」
她不過十七歲年紀，即使已經是朝廷的德妃，可說起母親時，依然是一臉嬌憨的笑容，眼睛中也難得有了光彩。

「阿顏。」忽然有人在殿門口叫她。

盛顏回頭一看，趕緊站起來，迎了出去。「拜見聖上。」

雕菰趕緊去倒茶，尚訓待她奉茶退下之後，才拉著盛顏坐在自己的身邊，凝神看著她很久，才輕聲說：「阿顏，我有話對妳說……」

盛顏抬頭看他，他咬住下脣良久，慢慢伸手去握住了她的手，說：「阿顏，命中註定，我們不能強求，妳聽我說，不要太難過。」

盛顏茫然不知所措，只覺得心裡驀地一陣驚慌。她看著尚訓的神情，不自覺地按住了自己的心口。

尚訓低聲說：「妳娘去世了。」

她驚得一下子站起來，連絆倒了椅子都不自覺，想問什麼卻無法出聲，臉色剎那間變得灰白。

尚訓扶住她，她全身沒有一點支持的力氣，眼看著就倒了下來。他卻清清楚楚地在她耳邊說：「剛剛，妳家起火了……京城防衛司發現了兩個凶手逃竄。在擊殺他們之後，在他們身上搜出了瑞王府的令信……也許，瑞王他是記恨妳，所以在逃出城之後，還命人去殺妳的母親。」

他聲音轉為低啞：「我不該讓妳捲進來的……以至於殃及妳的親人……」

她目光渙散，盯在他的臉上好久，可是眼前是一片昏黃，所有東西都影影綽綽只存在一個輪廓，她根本看不清尚訓的面容。

是我害死了自己的母親……她心裡有聲音這樣說。她想要反駁，可那聲音卻越來越強，漸漸匯聚成漩渦，在她腦中吶喊迴盪——妳殺了自己的母親，妳親手殺了自己的母親！

她自作孽，如今報應轉眼來到。

她忘記了自己如今是擒拿他的主謀之一，忘記了自己的母親就在外面，忘記了瑞王是什麼樣的人！

她若不救他，他怎麼會有機會殺她的母親來報復她？

尚訓抱著她，覺得她身體冰冷，他微微有點害怕，扶著她到床上去。握著她的手，在旁邊輕聲勸解她：「阿顏……這都是無可奈何的事情，妳節哀順變。」

盛顏肢體冰冷，而尚訓的懷抱是溫暖的，他抱著她坐在床上，輕聲安慰她。

她心中痛慟，只覺得全世界都不存在了，幸好還有尚訓在她身邊，溫暖寬容。

她將自己的臉埋在尚訓胸前，痛哭失聲。

她的眼淚滲進他胸前的傷口，昨日剛剛開裂的箭傷碰到苦澀的液體，周圍的肌肉抽搐一般疼痛，他疼得受不了，將自己的頭埋在她的髮間，用力咬住她的頭髮。但，他嘴角上揚，冷冷地微笑。

無論如何，如今她已經和自己站在同一條戰線上，再也不可能背叛自己了。

接近半夜，尚訓見她哭泣漸漸停下，才叫雕菰送了薏苡粥進來，勸她吃點東西。

外面蟲聲已經稀落，春寒料峭沁人。他替盛顏擁著錦衾，一邊慢慢用杓子舀著粥給她吃。燈光下只見她灰黃委頓，眼睛紅腫得已經快睜不開了。他心裡想，哭成這樣，可真難看。

可是，即使這樣難看，他還是覺得心口溫暖。畢竟，她就在自己身邊，這次，是真的永遠逃不開了。

吃完粥，喝茶漱口。薏苡有安神的作用，再加上盛顏哭泣倦怠，不久兩個人都開始迷迷糊糊，即將睡去。

在恍惚間，盛顏聽見尚訓在自己的耳邊，低聲呢喃：「阿顏，我們要是永遠這樣，就好了……」

她竭力轉頭看他。

尚訓的面容在簾外的微光中模糊刻出一個輪廓來。他五官優美，輪廓精緻，本就是一個風華出眾的美少年。

睫毛長長罩在他緊閉的眼睛上，顯得他神情柔軟，氣韻溫和。他依靠著床頭睡在那裡，平靜如同不知世事的孩子。這是她終身的依靠，是無論如何都會包容自己的人。

她覺得胸口氣息波動，又是感激又是悲哀。母親去世了，她已經沒有親近的人，此時孤苦無依，這一輩子，只有他，可與自己相守了。

她終於主動伸出手，輕輕將他的手握住。

兩個人十指交纏，暗夜中周圍一切悄無聲息。

她終於忍耐不住，眼淚又再次簌簌落下來。

第十章

流水桃花空斷續

天下大亂，四方動盪，一切全都在她最恨的那個人手中。

第二天盛顏開始發高燒，喃喃說胡話，大病了一場。尚訓守在旁邊，低頭仔細去聽，卻什麼也聽不清。她全身燙得厲害，藥石無效，看人說話都是迷迷糊糊，一見風就全身驚冷。

尚訓雖然想一直陪在她的身邊守著她，但很快局勢就緊張起來。如朝廷所料，瑞王到北疆稍作休整之後，馬上就以清君側為名，起兵直朝京城而來。

「凌晨時接甘州刺史報，兩日前瑞王已經逼近威靈關，威靈關是甘州第一天險，若是被攻下，恐怕……瑞王軍就要南下了。請聖上定奪，京中是否出兵增援。」兵部尚書尹華雄奏報。

「甘州是西北重鎮，當然不能坐視不管，只是北方附近的將領或者曾是瑞王麾下，或者與瑞王有所交往，如今人心浮動，不宜派遣，不知如何是好啊。」中書令君蘭桎皺眉說：「只有看看南方的將士如何了。」

「若從南方調集兵將，又恐不熟悉北方事務，過去之後不適應氣候，到時候兵力受挫，怎麼作戰呢？」尹華雄質問。

君蘭桎理直氣壯。「能抵擋得一陣，總是好事。何況我看瑞王倉促起事，必不能久，到時朝廷與之和談，未必不能成功。」

但眾人皆知，瑞王在北方一經起事就獲得雲集回應，恐怕不能持久的是朝廷。尚訓也知道君蘭桎是三朝老臣，不會不知道這個道理，只是他一直與瑞王為敵，北方將領與他也是嫌隙頗多，所以無論何時都不會希望北方將領得勢，即使是危在旦夕。

兵部尚書尹華雄被君蘭桎氣得一時無語，尚訓問：「既然君中書保舉南方將領，不知可有中意的人選？」

君蘭桎趕緊說：「臣正有一人，絕對沒有問題。那就是以前是攝政王左膀右臂，後來瑞王得勢之後，被遷往南方平定占城的鎮南王項原非。」

說到此人，眾人倒是紛紛附和，只有尹華雄猶豫道：「但項原非在占城苦戰兩年多，也未見什麼功績，此次回朝，是否能有建樹？」

君蘭桎一口承攬：「項原非本就是一員猛將，又被瑞王貶斥，自然有不共戴天之仇。占城氣候溼熱，暴雨沼澤無數，確實並非他所擅長。他本就成名於北疆，與瑞王自然可以一敵。」

商量來去，也找不出更好的人，於是兵部下調令，將項原非調回北疆，鎮守蘭州。

兵部在垂諮殿徹夜協商，部署安撫北面的軍隊，君臣都在那裡一夜不眠。直到天色曚曚發亮，議定了將項原非調回，方才散去。

尚訓來不及休息，先到朝晴宮去看了一回盛顏。雕菰回稟說昨夜一夜出了不少汗，現在已經安睡了，身體的熱也退下去了。

尚訓這才安心。他讓雕菰留在外面，自己進去看盛顏，她已經醒來，安靜地靠在床上發呆。

窗戶大開著，她全身呈現在陽光中，通體明亮，燦爛到沒有一絲血色，在逆光中幾乎是個玉人一般晶瑩。

尚訓心頭那些重壓一時間似乎都不見了，只湧起濃濃的依戀來，將繁雜苦擾的局勢都壓過了。

他輕聲低喚：「阿顏。」

她抬頭看他，微微扯起嘴角，叫他：「聖上。」

「還好嗎？」他在她身邊坐下，握住她的手。

「還好。」盛顏勉強笑一笑，閉上眼睛，靠在他的肩上，呼吸平靜。

她消瘦很多，皮膚蒼白，氣息微弱，如同紙上的美人一樣單薄。尚訓伸手去撫摸她的肩膀，輕聲說：「阿顏……」

盛顏應了一聲：「嗯？」

他卻只是想叫她一聲。於是兩個人都沉默，不說話。窗外雲流風靜，盛顏聽見他輕輕的呼吸聲，原來他勞累了一夜，此時熬不住，在她的懷裡睡著了。

整個世界平靜極了，連啼鳥的聲音都沒有，只有他們兩人，依靠在一起。

盛顏輕輕伸手，將他抱在自己懷裡。

等她這場病過去，新年也到來了。

雖然局勢動盪，國朝不穩，但禮不可廢。元日，皇親國戚和命婦們照例進宮來覲見後宮的太后、太妃和妃子們。

皇后與貴妃、德妃自然一起出席。

盛顏在病後第一次出內殿，看見外面的梅花，無數豔麗的花朵都已經零落成泥。她覺得陽光太強烈，忍不住閉上了眼睛。尚訓伸手替她遮住陽光，在旁邊問：「妳身體還弱，不如這次別去了？」

她緩緩搖頭，說：「我已經好了。」

酒宴設在嘉魚殿，由皇后主持。皇后個性沉穩端莊，於禮節細處一絲不苟，十二龍九鳳珠翠冠，紅色霞帔大袖衣上繡著織金龍鳳紋。

盛顏陪在她的旁邊，雖然也是罩著霞帔，但依禮制頭上戴的是九支金花，衣裳是胭脂色，裙裾十二幅，不用滾邊，只在裙幅下邊兩、三寸部位綴以刺繡作為壓腳。稍一走動，裙角就像水紋波動，顏色在燈下如暈黃月華。她原本就是極美的人，此時雖然病後消瘦憔悴，但是在一室珠玉的輝煌照射下，渾如明珠生潤，全身都蒙著淡淡晶瑩光芒，即使處處注意不逾禮，但皇后盛妝站在她身邊，還是相形見絀。

這一殿的人，心裡都想，怪不得聖上對盛德妃鍾情如此，的確是天人之姿。

皇后和貴妃給尚訓敬酒之後，盛顏奉上酒杯。他接過酒，輕輕握一握她的手，微笑著輕聲道：「幸好妳不戴鳳冠，這樣真美。」

她低頭抿嘴而笑。

朝廷現在風雨飄搖，所以雖然宴席紛遝，尚訓還是只喝了幾杯酒就提前離開了，留下幾位妃子繼續主持。

君皇后看著盛顏一臉疲倦的樣子，便俯身過去，低聲問：「德妃身體還未大好嗎？」

「多謝皇后關心，我只是大病初癒，還有些疲憊。」盛顏說道。

「不如，妳先回去休息吧？」皇后體貼地問。

盛顏正在猶豫，外面忽然景泰進來，對盛顏說：「德妃娘娘，聖上有事召見呢。」

君皇后略有黯然，卻還微笑著，說道：「去吧。」

她趕緊向皇后與貴妃告退，站起來隨景泰走到外面。後面有人匆匆追上來，問：「母妃，妳身體不好嗎？」

盛顏聽出是行仁的聲音。

這個孩子上次在宮裡養好病後，便被趕回自己的府邸。此後她的宮裡一直變故頻生，所以也很久都沒有見他了。現在聽到他叫自己母妃，她才想起自己已經有個孩子了。

她慢慢回頭，看見行仁朱紫色的錦衣。他正是長身體的時候，體格單薄，在夜色中，穿著深色的衣服，看起來顯出瘦弱的模樣來，只有那張端正漂亮的小臉，叫人疼愛。

她微微點頭，低聲說：「最近好點了，我近來倒是沒聽到太傅和講讀官們來說你了，讀書是否用心點了？」

「有啊，我很用心，一直在努力。」他趕緊說。

盛顏淡淡一笑，伸手摸摸他的額頭，說：「以後也要聽話才好。」

兩個人說著，盛顏忽然覺得臉頰上一涼，抬頭一看，雪又慢慢地下起來了。

突如其來的雪下得無聲無息，整個宮裡都漸漸變成白色，寒意逼人。

行仁看到盛顏的鬢髮上沾染了雪花，凝在髮絲上，在宮燈的光照下閃爍著一點點碎水晶一樣的光芒，不由得抬起手，握住盛顏的雙手，叫她：「母妃……我聽說父皇的傷還沒好，妳每天都要替他換藥。現在妳要是也病倒了可不好，一定要注意身體。」

盛顏微微點頭，將自己的手抽了回來，輕聲說：「雪下得好大，你先回殿裡去吧。」

「不行啊，母妃。」他忽然笑出來，又再次握住她的手，耍賴一般地問：「我的壓歲錢呢？」

盛顏這才想起，她回頭看雕菰，雕菰趕緊從懷裡拿出金錢，用紅紙包了，遞給盛顏。盛顏接過，轉交給行仁，說：「雖然已經過了年，這壓歲錢遲了點，不過也算個彩頭吧。」

「我就知道母妃完全忘記我了……」他不滿地說，從她的手中抓起紅包，又趁機摸了摸她的手，說：「母妃，妳的手好冷。」

「我近來身體不太好，當然比不上你們小孩子。」她終於甩開他的手，不悅地說。

「是是，謝謝母妃，我走了……」他拿著紅包，轉身就跑。

盛顏和雕菰看著這個小孩子在雪地裡跑走，他一身的朱紫色衣服在雪地裡分外顯目，像陳年鮮血的痕跡，在白雪中怵目驚心。

仁粹宮的暖閣裡，掛著厚厚的錦帳，密不透風，下面的地龍燒得暖和。盛顏一進去，就覺得自己整個人要融化了般，暖暖的無比舒服。

尚訓看見她進來，微微點頭，招手讓她坐在自己身邊。盛顏趕緊問：「聖上不是說有事嗎？是什麼事？」

他低聲說：「並沒有什麼大事，只是想著那邊喧譁，妳一定會疲倦，所以早點叫妳回來。」

她微微笑起來，坐在他身邊。尚訓看著她鬢邊融化的雪珠子，問：「外面已經下雪了嗎？」

她點頭，說：「剛剛下的，還挺大。」

「是嗎？」尚訓與她攜手，到窗邊掀起簾子一看，果然，整個天地都已經是一片碎玉瓊瑤。殿外的枯枝上落的積雪被地氣熏熱了，雪化在樹枝上，又被風凍上，讓所有的樹都包著一層晶瑩剔透的冰，被彩色的宮燈一照，恍如玉樹瓊枝遍布，光芒輝煌，豔麗無匹，整個乾坤就像是琉璃世界一樣。

兩人被這種奇異的景色震懾住，不由得站在窗前看了多時，直到尚訓捂著胸口咳嗽起來，盛顏才想起他身上有傷在身，趕緊拉著他回去坐下。暖閣內溫暖，所以尚訓穿的衣服並不厚，他咳嗽時，竟好像又不小心震裂了胸口，她趕緊小心翼翼地解開他的衣服，看到裡面繃帶已經被血浸得斑斑點點，不由得皺眉道：「太醫院這些人在幹什麼……」

「去年秋天留下來的舊傷，一直都沒有養得痊癒。前月又被瑞王所傷，本來好一點的傷口，又被撕裂了，哪有這麼容易養好的。」尚訓懊惱道。

原本傷口上敷的藥已經被血浸溼，當然是不能用了。尚訓與盛顏自感情復合之後，兩個人親密無間，幫他換藥的事情幾乎都落在她的身上，宮裡人都知道，所以景泰趕緊去旁邊取出藥來，遞給盛顏。

盛顏取過旁邊的蛇油倒在藥上，將藥揉得溼潤了，黯淡的藥香在她面前散開，微微苦澀。她用自己的手指在藥上按了按，將它理平整，輕輕敷在他的傷口上，幫他包紮好，低聲說：「這藥再敷下去，可要停幾天了，不然的話皮膚哪裡受得了，讓他們弄點擦的藥粉來。」

尚訓微微點頭，眉目間滿是思慮。他拉著她的手，輕嘆一口氣，輕聲說：「阿顏……妳父親的事，朕之前一直沒有告訴妳，如今，我們之間也不該有什麼隱瞞。」

「朕多日來研究他留下的字，已經有所發現了。」佛經已經原樣補好放回壽安宮佛堂去了，所以尚訓拿出來的是抄錄好的十張錯亂字。按照書寫習慣，尚訓豎著抄寫在十張紙上，前五張各十九字，後五張各十八字。

盛顏將十張紙一一看過，錯亂的字碼之中，她一眼就看到了「亡」、「凶」、「薨」、「貴」、「妃」、「毒」等怵目驚心的字樣。她頓時倒抽一口冷氣，抬頭看皇帝，問：「難道聖上母妃當年薨逝……是有人下毒？」

「是，而下毒的人……」他的手按在第七張上，語調緩慢而帶著冰冷的意味。「這裡，有一個『皇』字。然而朕翻遍了十張亂字，沒有找到『帝』字，反而找到了『后』字。除此之外，這裡，還有一個『瑞』字。」

「難道說……」盛顏的聲音不覺喑啞起來。

「是……所以朕在發現此事之後，便藉故尋隙，將太后移到了西華宮。這樣，她便不能再回壽安宮，朕是擔心她心裡有鬼，會查看當年妳父親手抄的經卷，發現我們留下的破綻。」他冷冷地握著拳，臉色鐵青。「至於那個『瑞』字，我想，或許是他……」

他。

不需要出口，兩人便已經清楚地知曉，那是誰。

盛顏竭力地呼吸著，卻難以抑制自己胸口劇烈的心跳。

瑞王尚誡。

與她父親的被貶潦倒，甚至死亡，與他母親突然的辭世，肯定脫不了關係。

不然，她的父親不會在這麼重要的密信上，留下這個字。

尚訓與她都是沉默，出了一會兒神後，他將那十張紙看了又看，微微皺眉說：「只是朕始終不知道，這些字是如何連綴的，所以至今還未能通讀出最終的祕密來。」

盛顏看著那些因為翻閱太久而捲了毛邊的紙，心中更覺感傷。她將宮燈移過來，照亮了案上的紙筆，然後動手慢慢地抄寫著，給自己謄一份一模一樣的。

而皇帝也坐在她的旁邊，將堆積如山的奏摺看了一些，越看臉色越是糟糕，最後忍不住將摺子都丟下了，抬手按住了太陽穴，一動不動地合眼靠了一會兒。

盛顏知道最近朝廷十分棘手，便問：「不知前幾天說要調鎮南王回來，這幾日可曾到了？」

皇帝依然閉著眼，只皺著眉頭道：「人倒是已經到了，不過現在在天牢裡呢。」

盛顏吃了一驚，忙問是怎麼回事。

「他帶了自己的部屬和兒子項雲寰，駐紮在京城之外三十里。君中書代朕去勞軍，誰知這個項原非看朝廷空虛無人，竟然就地還價，說自己鎮南王這個名號恐怕不能服眾，不肯接收朝廷的十萬大軍，也不願開拔隊伍，要朝廷封個實號。」

原來鎮南王雖然號稱為王，卻是虛號，並沒有封地，他要求朝廷封個實號，是要弄一塊自己的封地，分疆列土了。

盛顏就算不懂朝廷政事，也不由得皺眉：「這怎麼可以！」

「自然不可以，本朝從來就沒有諸侯王的制度，連瑞王也沒有自己的封地，他有什麼資格要脅朝廷。」尚誡怒道。「今日傳來消息，不但威靈關不保，連蘭州也已經陷落。得了，他也不必去增援蘭州了，朕直接派人送他進了天牢。」

盛顏猶豫道：「如今城外還有他帶來的大軍，將主帥打入天牢，恐怕不妥？」

「管不得了，他也是自恃朝廷不敢動他，所以才敢大搖大擺入獄，這還是給我們臉色看呢。」尚訓說著，似乎是過於激動了，忽然一下子捂住胸口，嘴角一口血湧出來，顏色烏紫，頗為嚇人。

盛顏趕緊抱住他，急問：「怎麼了？」

「胸口……痲癢癢地痛……」他氣息不穩，勉強說。

「你的傷口裂開了，還是不宜動怒，先別想了。」盛顏安撫他。

他皺起眉，正要說什麼，卻突然一口氣噎在喉口，臉色發青，頓時倒了下去。盛顏大驚，撲在他的身邊，連聲急問：「怎麼了？」

「胸前……傷口這裡……」他艱難地指著自己的胸口。

盛顏怔了一下，趕緊將他剛剛敷上去的藥一把扯掉，可已經來不及了。尚訓的胸口已經變成一片黑紫，傷口血肉翻起，怵目驚心。

這藥裡，不知道什麼時候，竟然被人下了毒。

盛顏立即回頭叫景泰：「快去召太醫！」

景泰轉身疾奔出去，盛顏聽到他在殿外因驚慌而顯得格外尖銳的聲音：「快！召太醫，快……」

但即使是這麼怪異的聲音，她也不覺得有什麼了，在驚慌失措中，她正回頭看尚訓，猛然間只覺得脖子一緊，尚訓用無力的手扼住她的脖子，呼呼喘氣，顫聲問：「妳……妳是不是知道了……」

盛顏大腦一片空白，她艱難地搖頭，說不出話來，不知道他說的是什麼。

尚訓只覺得自己的胸口撕裂一般的疼痛，他心裡知道自己已經活不了，去年秋天，他在死亡線上掙扎的時候，曾經徹底地直面死亡。那時候他掙扎著奇蹟般復生，可現在，也許他非走不可了。

只是面前這個女人，她給自己的藥中下毒，還一臉無辜驚慌地看著自己，就像是她放走瑞王時一樣，滴水不漏，真叫人害怕。

他手上加勁，死死地扼住她的脖子，他的臉在劇痛和死亡的催迫下，已經扭曲了。

他將自己的嘴巴湊在瀕臨死亡的她耳邊，低聲說：「就算死，妳也要和我死在一起……因為，阿顏，我不能把妳留給別人……」

盛顏胸口疼痛，她已經呼吸不到空氣，因為視線模糊，眼前只剩了一片昏黃。

去年秋天，他面臨死亡的時候，曾經問她：「我死後，妳打算活多久？」

那個時候，她沒有勇氣跟著他去，因為她心裡，還有另一個人。

但現在，她和那個人已經沒有關係，她已經在心中發誓用自己全部身心來愛面前這個人——世事不都是如此嗎？鴛鴦不獨宿，蝴蝶定雙飛，愛的人死去了，另一個人，也要跟著他而去。

即使她只是他名義上的德妃，可他既然這麼愛她，那麼她的一輩子，一生，就這樣了。

她感覺到自己胸口劇痛的窒息，她的脖子好像要折斷了，她神情已經開始恍惚。

但是她用盡全身的力氣，將自己的手撫摸上尚訓的臉頰。她眼淚從眼眶中不斷地跌落，但是她的嘴角，艱難地浮起一絲笑容來，她顫抖著脣，輕聲說：「是……聖上，我們永遠在一起……我和你一起。」

只這輕輕一句，她已經竭盡全力，嘴角的鮮血湧出來，鮮紅的珊瑚色，一滴滴落在他的手背上。

這溫熱的鮮血，滴落在尚訓手上，他這才像是突然省悟過來一般，看著面色青紫的盛顏，她臉上滿是眼淚，卻向自己艱難地微笑。

因為這微笑，讓他全身的暴戾，瞬間煙消雲散。

「阿顏……」他低低地叫著她的名字，不知不覺地，鬆開了自己按在她脖子上的手，用力地抱緊她，將自己的臉埋在她的肩上。

盛顏驟然呼吸到新鮮空氣，頓時大口地喘息起來。可還沒等她恢復過來，便覺得胸口溫熱，她伸手一摸，全是烏紫的血跡——是他身上的血，染得她胸前一片溼漉漉。

她拚命地抬手，想要用自己的衣服按住那個傷口，可是沒有用，她只弄得自己雙手上全都是他的血。她怔怔地看著，忍不住痛哭失聲。

尚訓卻只緊緊地抱著她，低聲問：「阿顏……妳……恨我嗎？」

她咬緊下脣，良久，顫聲說：「我……若我一開始遇到的是你，而不是瑞王，那該有多好。」

尚訓不知不覺，也流下眼淚來。他將自己的臉埋在她的髮間，覺得胸口的疼痛已經過去了，全身都是暖融融的感覺，像是泡在溫水中一樣，無比舒適。

她是願意跟自己生死相許的人，在他死前，終於知道這一點，真是他此生最大的幸運。

「我，唯一恨的是瑞王尚誡。」她彷彿受了夢魘，喃喃地念著：「這個人若是不在世界上，該有多好……如果從來沒有這個人出現，我們該有多好……」

「阿顏……」尚訓慢慢地開口，低聲說：「他要讓我死，現在成功了。他要讓妳的母親死，也成功了。但是他唯一沒有做成功的，是妳，最終還是，愛上了我……」

他用盡最後一點力氣，露出猙獰的微笑來。「他……真可憐，對不對？」

盛顏感覺到他的手慢慢地滑下來，他擁抱著自己的雙手，沒有了力氣，垂落在床上。

太醫們趕到的時候，尚訓已經昏迷不醒。他胸前的藥，確實被人下了毒，毒藥直接刺激到了心脈，奄奄一息。

「這個毒……好像和當初攝政王暴斃在宮裡時中的，是一樣的……」太醫院的人戰戰兢兢地說：「龍涎，是歷來皇家處置宮人和重臣的毒藥，沾脣便必死無疑。幸而聖上如今是傷口碰到，毒藥又被其他藥物抑制住，所以一時並沒有奪去聖上的性命，只是……」

當年攝政王在宮中暴斃，難道不是瑞王尚誡下的手嗎？

盛顏手握成拳，她的指甲，緊緊地嵌進掌心的肉中。

半年來一直傷病纏綿的皇帝，如今陷入昏迷。雖然經太醫們竭力搶救下，他沒有停止呼吸，但連意識都失去了，與死亡沒有什麼兩樣。

太醫院所有人殫精竭慮，試盡各種辦法，希望讓皇帝醒過來，都告無效。最終他們只能絕望告知皇后和德妃，皇帝近日不可能甦醒，唯一可以寄希望的，就是奇蹟，或者，一直等待下去。

可等待，誰知道能等到什麼，也許等到的，是他生命衰竭，終於再也沒有睜開眼的一天。

沒有人認為是巧合，所有人都知道凶手是誰——

在這個局勢動盪、天下不安的時刻，皇帝變成這樣，唯一得利的人，只有正向著京城步步進逼的——瑞王尚誡。

京城防衛司的人開始著手調查仁粹宮那些藥中間的經手人。但，雖然將太醫和殿內的內侍和宮女全都嚴加查問，卻沒有查出什麼。

而朝廷簡直陷入絕境。國不可一日無君，如今君王倒是還有，可是中毒極深，恐怕一時半刻醒不過來。西華宮的太后連月煎熬，聽到噩耗後直闖朝堂，面斥亂成一團的朝臣。將眾人訓了一頓之後，太后看著唯唯諾諾的臣子們，這才說道：「如今朝廷乃多事之秋，哀家欲求清淨奉佛而不得，恐怕只能於垂諮殿垂簾了。」

她的意思，是要以太后之尊垂簾聽政，接管這個朝廷了。

下面的重臣們面面相覷，神情奇異。

太后見無人附和，面色不悅，問：「事到如今，除了哀家之外，你們還有其他人，可堪當此重任嗎？」

中書令君蘭桎出列，向太后行禮道：「太后有此壯心，臣等原該遵從。只是陛下之前早有詔書交予中書省，曉諭臣等若事有萬一，非常之時遇太后要垂簾事，朝廷萬不可應允，以免俗務紛紜，奪太后禮佛之志，陛下必不心安。」

太后沒想到皇帝居然早有詔書防備自己，頓時又羞又惱，在朝堂上暴怒道：「我朝、天下，子如何能左右母所為！」

「然則朝堂君臣在家庭父子之前，太后雖願為皇上分憂，然而君有令，亦須服從，太后認為呢？」

這言外之意，竟是太后若執意掌政，便是自己先亂了君臣綱常，朝廷中再無人服她。

太后氣急敗壞，發作一頓之後，終究無可奈何，丟下一句「欺負先帝寡婦」而悻悻離去。

如今宮裡剩下的，只有一個皇后，兩個妃子。

君皇后與元貴妃陷入崩潰茫然。元貴妃本就身體不好，更是幾度昏厥，人事不知，宮中又是一場混亂。

中書令君蘭桎向著女兒君皇后拜請，說：「太子年幼，雖可代行監國之權，但還請皇后從旁協助，輔助太子主持政局，掌管朝政，待聖上醒來，再作打算。」

君容緋靠在宮女的身上，茫然搖頭，說：「本宮和貴妃，對這些事全都一點也不懂，只有德妃與聖上親密，有時還會代擬詔書……何況德妃才是聖上欽點的太子母妃，如今自然是德妃輔佐太子，垂簾主持朝政，我只願在宮中替聖上祈福，願聖上早日醒來。」

元貴妃也在旁邊跪稟皇后說，自己願意跟隨皇后，不問世事，此後天天年年服侍聖上，為聖上祈福。

朝臣們都心知太后熱中權勢，絕難善與，對朝廷而言，與其讓太后攝政，不如推舉妃嬪主事。而對君蘭桎來說，自己女兒這樣仁善軟弱的人作為傀儡，毫無見識，唯唯諾諾，實是上佳人選。君蘭桎知道女兒自幼端莊賢淑，太過循規蹈矩以至於作繭自縛，但還想著或許自己私底下慢慢勸解，她能答應垂簾。誰料皇后竟當眾宣布自己不肯接任，君蘭桎氣怒於女兒的無能，但又被迫無奈，只能退而求其次，去關注盛德妃。

她坐在椅上，怔怔出神，盯著屋頂的藻井，不知道在想些什麼，一言不發。她臉色蒼白，可是目光卻並沒有渙散，和普通宮中女人天塌下來的反應不同，她至少還在想著事情，還比較鎮靜。

君蘭桎在心裡想，以前聖上好的時候，對盛德妃是格外眷顧的，誰知他如今不省人事，卻是盛德妃的反應最為平靜。看來，這個女人也許是薄情寡恩，不好對付。

然而她比太后掌政還是要好多了。畢竟，盛德妃年輕、毫無政治經驗，身分又低皇后一頭，以太子母妃的身分介入朝廷，也是個好拿捏的，實在沒有其他選擇的話，也是不錯的人選。

朝廷眾人也都是這樣的想法，於是中書令君蘭桎便率領一幫朝臣，轉向盛顏，請她主掌朝政。

其實，雖然號稱主掌，也不過是在皇帝不省人事、太子年幼的時刻，做這個皇朝政權的傀儡而已。

盛顏雖然明白地知道這一點，卻還是點頭，答應了他們。

在昏迷不醒的尚訓病榻前，她接過玉璽，終於對著群臣們，說出了自己的第一句話——

「逆賊尚誡，弒君作亂，為禍天下。我朝億萬百姓，誓以舉國之力，擊破叛軍，將其碎屍萬段！」

為了這一個理由，在宮中其他人惶恐驚慌的時刻，她咬牙忍住哭泣，和群臣商議太子監國的禮節，傳詔令全國寺廟為皇帝祈福，催促內局趕製衣冠，理出太子長住的宮殿，頒發太子代監國詔書、大赦天下……

無數的事情都要她去做，她在疲於奔命的時候，也曾眼前發黑，絕望崩潰地希望自己快點倒下，再也不要面對這一切。

她本來應該守著昏迷的尚訓，靜靜地等著他醒來。她本來只需要和別人一樣，流著眼淚，祈禱著自己的丈夫睜開眼，與她緊緊擁抱，人生圓滿。

可這世上還有一種叫作恨的東西，逼迫著她，一步步走下去。

為的是，她抱著昏迷的尚訓時浸著鮮血的誓言。

一夜哭下來，所有人的眼睛都腫得跟桃子似的。盛顏讓人將皇后和貴妃扶回去歇息，又令人將嘉旒殿收拾出來，讓行仁暫時居住。

不是不想甩手，可現在滿宮就只剩下她，太后染病、皇后和貴妃這樣怯弱，唯有她還在撐著宮裡的一切。

一個人在殿內，疲憊與悲傷幾乎要淹沒了她。她支撐坐到尚訓的床前，握住他的手，凝視著他。

他眉眼清秀，平靜睡著。

如同未曾見識過世間風雨的嬰兒，他不在這個紛繁世界。他現在在另一個安靜的地方作著香甜的夢，開心如意。

盛顏自己的臉頰貼在他的手背上，靜靜地呼吸著。

「尚訓，你一定要早點醒來……因為，我知道自己真不是那個人的對手。」

她說著，怔怔出了一會兒神，又喃喃地說：「可是，誰能是他的對手？」

這世上，再沒有那麼殘忍無情的人了吧。

對老弱婦孺，對自己的親弟弟，都能下這麼狠手的人，誰能是他的對手。

怨恨，與必然失敗的絕望，讓盛顏覺得自己就像是垂死的一條魚，正在岸上徒勞地掙扎著。

可，雖然知道再怎麼掙扎也沒有用，卻還是不甘心。就算只能給他增添一條微不足道的血痕，就算只能阻得讓他一步趔趄，她也絕對不會放過機會。

盛德妃在後宮聽政的事情，進行得也算順利。

本來她便只是傀儡而已，朝中大事小事都有其他人決定，她並沒有多大的權力。

如今最大的責任，似乎就是管教行仁。而行仁這個頑劣的孩子，也知道自己現在已經跟以前不一樣了，所以居然也乖起來了。

行仁對她還算得上恭敬，每天早晚按時來請安，也會彙報自己讀了什麼書，講讀官說了什麼課。

朝廷上議事的時候，他雖然不耐煩，但是被盛顏訓斥過兩次之後，以後也就乖乖地坐在那裡當擺設了。

有時候朝廷上吵得死去活來，盛顏在御座後面，會看到行仁正襟危坐在龍椅上，手中悄悄玩著一隻蟲子。

盛顏很頭痛，但也暗暗地有一種羨慕他的情緒。這個孩子似乎真的感覺不到朝廷岌岌可危、大廈將傾。他活得沒心沒肺，高興快活，像個普通小孩子一樣。

這是幸運，還是不幸呢？

盛顏確實不知道，就像她不知道自己如今，到底該去往何方。

瑞王在西北方的勢力非同小可，甚至朝廷中也有不少人心暗暗嚮往。如今皇帝中毒昏迷後，對局勢更是雪上加霜，北方各州蠢蠢欲動，各地都對朝廷的孤兒寡母沒有信心，企圖投誠瑞王者不在少數。

今日又傳來壞消息，甘州督軍因為阻攔瑞王左翼軍而被斬殺。

朝廷無可奈何，於是舊事重提，又提到項原非。如今盛顏雖然號稱執政，但在朝廷上並沒有真正屬於自己的勢力，所以在大臣們爭議出結論之後，她簽了詔書，冊封項原非為楚王，以後楚地儼然一個國中國，再也不必納稅，但是每年朝貢，朝廷有事，需領兵助戰——而現在，就是朝廷需要的時候，他應該幫助朝廷去對抗瑞王。

行仁看看聶菊山擬好的詔書，抬頭問她：「母妃覺得呢？」

她低聲說：「這不是我們可以做主的。」

他「哦」了一聲，也沒什麼大反應，接過印在詔書上蓋下。

刑部尚書拿著詔書親自去提人，朝廷裡的人結束議事，各自回轉，心裡都暗暗鬆了一口氣。畢竟，這下子總有一、兩個月可以偏安了。

盛顏回到宮中，行仁也跟了進來，問：「母妃，是不是朝廷真的已經很糟糕了？」

盛顏心想，不過是垂死掙扎而已。但是又不能說，在她的心裡，暗自還是希望項原非能支撐一段時間的——而且，若是瑞王真的攻陷京城的話……

到時候，尚訓可怎麼辦呢？

想來想去，若真的是這樣的話，她不能殺了他，就自殺吧。

這樣想著，她竟覺得心裡輕鬆起來了，於是便笑起來，對行仁說道：「也不算很糟糕，你放心吧，你是正式冊封的太子，瑞王再怎麼樣，也不過是個亂臣賊子。」

行仁點點頭，突然又盯著她問：「母妃，如果瑞王來了，妳說不定也能過得很好的……因為他喜歡妳。」

心口一陣劇痛，她猛然斥道：「別胡說八道！」

行仁被嚇了一跳，吶吶地看著她，小心地叫她：「母妃……」

她感覺到自己的失態，按著胸口，長長地吸了好幾口氣，才鎮定下來，然後說：「你別胡思亂想了，現在，我們與瑞王勢不兩立。以前……以前的一切，都是錯的。」

行仁不明就裡地點頭，用一雙清澈的眼睛，怯怯地看著她。

她嘆了一口氣，叫他：「太子殿下……」

還沒等她說出話，雛菰從外面奔進來，說：「娘娘，君中書和刑部尚書李大人求見，說是朝廷極要緊的事！」

盛顏心裡隱隱覺得肯定是項原非那邊的事，不知道朝廷做了這麼大讓步他還有什麼要求，頓時煩躁起來，轉身就領著行仁出殿去見他們。

君蘭桎還算勉強鎮定，刑部尚書卻是雙腳打顫地站在那裡。看見盛顏和行仁出來了，刑部尚書一個趔趄就跪倒在地，連連磕頭，說：「微臣失職，微臣死罪……」

刑部尚書是趙緬叛逃之後剛剛頂替上來的，以前是刑部左侍郎，盛顏明白他戰戰兢兢的心情，便問：「是項原非又要提什麼要求嗎？你們商量一下，能讓步的滿足他就是了，如今還有什麼辦法。」

刑部尚書卻說不出話來，君蘭桎也跪下了，低聲說：「項原非……死了。」

盛顏大驚，臉色大變，問：「怎麼回事？」

刑部尚書結結巴巴地說：「微臣也不知道……項原非一直在獄中好好的，等朝廷封王的詔書一下，我們趕緊迎他出來。誰知就在他出獄的時候，獄卒中突然有人衝出，一刀正中他的左肋……我們已經抓拿下那個獄卒了，可是他卻、卻說……指使他的人是……」

盛顏怒問：「是誰？」

「請德妃和太子殿下恕微臣無罪。」君蘭桎說。

盛顏點頭，問：「是誰？」

「那個獄卒說……是盛德妃命他下手的。」

「豈有此理！」盛顏呼地站起來，氣得全身發抖。「我與項原非並無瓜葛，又一直在宮中，什麼時候和刑部天牢的人有接觸？」

「臣等當然知道，這人定是隨口誣蔑，可是項原非的兒子項雲寰卻不知為何，已經早早得到消息，知道他父親喪生於天牢，如今他已經兵圍京城，要……」

盛顏看君蘭桎說到這裡，不敢再說下去，便冷笑問：「要殺我以洩憤嗎？」

君蘭桎搖頭，低聲說：「他起兵造反了。」

盛顏心中煩亂無措，這真是內外交困。瑞王還沒有收拾掉，居然這邊又出這樣的事情。

她在煩躁中，又想到一件事，項雲寰這人，她曾經見過一面的。在那年春天，大雨中，囂張跋扈地拉著瑞王尚誡，差點要了她的命的人。

而她和瑞王的邂逅，似乎有一半要歸功於他。

記憶未老，昨日猶在，彷彿是那朵桃花還在她的鬢邊一般。她慢慢地抬手，想去摸一摸自己頭上的花朵，一伸手，卻只摸到冰冷的點翠鳳釵。

她咬住下脣，手停在半空中良久，才艱難地擠出一句話：「我要親自去天牢一趟，定要把那個獄卒好好審問清楚！」

刑部靠近城牆，盛顏在下鑾駕的時候，清清楚楚地聽到城外的喧譁聲。那是軍中正在調兵遣將的聲音，馬蹄聲和士兵的吆喝聲合成一片，早就把附近的居民都吵醒了。

「兵部已經召集士兵準備守城，雖然朝廷曾經號稱召集十萬大軍，但是實際上只徵召到八萬多，而且還全都是在城外。目前在京城內的只不過有三千防衛司、五千御林軍，恐怕難以和外城的兵馬裡應外合對抗項雲寰。」君蘭桎在她身後說。

盛顏看向驚慌失措地站在街上仰望外面的百姓，默然地轉頭，到刑部裡面去了。

京城如果就此陷落，會有多少人家破人亡，像她和母親一樣，失去親人，掙扎在寒夜中？

但，誰知道呢……也許他們會過得更好，也許全天底下都會感謝瑞王平定九州，做一個明君……

她不知不覺感到絕望。最近她頻繁地感到自己絕望。

尚訓會怎麼樣？他能不能醒來？可即使他醒來，局勢又會變怎麼樣？

天下大亂，四方動盪，這一切，竟然全都拜她最恨的那個人所賜。

天牢陰暗。盛顏還未踏進去，一股血腥味便已撲面而來。被嚴刑拷打的那個人已經不成人樣，看來刑部的人是不忌憚用手段來拷問出罪魁禍首的。

看見她走進來，那個掛在刑架上已經奄奄一息的人，慢慢地抬起眼來看她，扯開嘴角，用力露出一絲猙獰的笑，說：「盛德妃，妳吩咐小的幫妳辦的事，小的已經辦妥了……」

盛顏現在沉浸在悲哀絕望的情感中，竟然也不太憤怒了，只是開口問：「我是何時何地吩咐你的？你叫什麼名字，是做什麼的，我怎麼不知道？」

他低下頭，呵呵地笑起來，說：「妳靠近一點，我告訴妳……」

盛顏猶豫了一下，看到他的手腳都被牢牢鎖定，動彈不得，於是慢慢地走過去，問：「你要說什麼？」

他伸長脖子，湊到她的近旁，低聲說：「瑞王爺……讓我代為向妳問候。」

她愕然地睜大眼睛，急問：「什麼？」

他卻大笑起來，如同瘋狂，片刻之間，噴出一口鮮血，立刻氣絕。

刑部的人趕緊衝上來，撬開他的嘴巴一看，無奈地回頭稟報盛顏，說：「已經咬舌自盡了。」

盛顏卻聽若不聞，她木然地轉身離開，回到宮裡去。

他成功了，舉手之勞，讓朝廷唯一可以倚仗的力量，就這樣成為另一股威脅。

已經是正月，元宵剛過，京城卻一點氣氛都沒有。朝不保夕的感覺，深深地壓抑在京城上空。

宮女幫尚訓擦身按摩之後，她陪著昏迷的尚訓，在床榻邊坐了一會兒。抬頭看見外面花已落光的梅樹，它還沒來得及長出葉片，光禿禿的枝頭在逐漸暗下來的天色中，根根直立，蕭索無比。

她走出去，在沒有一點生氣的庭中徘徊了好久。黃昏暗紫色的夕陽下，她一個人來回走著，恍惚覺得是去年春日，滿樹桃花紛亂，那個人——那個她現在最恨的人，在樹下靜靜地看著她，微笑。

時光真殘忍，才不到一年，如今，人事已非。

要是當初，沒有遇到他，該有多好。

那個時候，她又怎麼會想到，如今她活著的目的，就是與他為敵。

第十一章

水光風力俱相怯

月光中他輪廓深重，就像用刀子刻進所有人的視線中一樣。

京城被圍，危在旦夕。

城內儲備的糧食雖然不少，但是為了長遠打算，已經開始配給。攻城戰隔幾天就有一次，戰況自然十分慘烈，城內到處人心惶惶。

京城和外面已經徹底斷了聯絡，在圍城一個月之後，信鴿帶來消息，重鎮江夏被瑞王軍攻陷。

江夏是京城的最後一道屏障，這麼說，大軍不日就會來到這裡了。

朝廷裡的人在絕望之餘，也生出一種債多不愁的感覺來，甚至有點盼望，想看看瑞王到來之後，局勢會變成怎麼樣。

反正最壞的局勢，也就是現在了。

朝廷的事，每天都在殿上吵得沸沸揚揚，但是盛顏和行仁都是擺設，從來插不上嘴。不過，國家即將顛覆，而可敬的官僚機器還在忠實地運轉，盛顏也不得不佩服他們。

「最重要的是，項雲寰沒有投誠到瑞王的麾下，不然的話，朝廷將再沒有任何希望。」君蘭桎這樣說，眾人都深以為然。

目前只有三條路：一是苦苦守城——可依靠城中疲憊交加的這些許軍隊，顯然是不可能支撐下去的。二是開城門，向項雲寰投降——皇帝尚在，太子監國，此時帝都歸降，難道要奉他為攝政王？這也是萬萬不能的。至於第三條路，就是迎清君側的瑞王入城，順從他的心意，將皇帝身邊他的異己殺掉，讓朝政又回到他的手中，一切都和以前沒有區別。

無論怎麼看，第三條路似乎都是最好的選擇。但是，瑞王以前的政敵自然也不會坐以待斃，尤其是，君中書、盛德妃等一系列重要人物的名字都赫然出現在瑞王要清掉的奸佞小人名單上。

所以，爭吵了一個上午，也沒有爭出個所以然來，眾人只能先行散了，回各自衙門去辦公務。

盛顏叫住君蘭桎，說：「中書大人，有件事情，想要與你商量一下。」

「是關於瑞王和項雲寰的事情。」盛顏問：「瑞王與項原非早有過節，以中書大人看來，覺得他們聯合的可能性大不大？」

「如今項雲寰軍中，都說項原非是死在朝廷手下，所以軍中群情激憤……我看項雲寰說不定會因此而抹過當年他父親與瑞王的恩怨投誠也不一定。」君蘭桎皺眉道。

盛顏忽然笑了一笑，說：「君中書，不如我們都為國犧牲了吧，也許能保得天下平定。」

君蘭桎嚇了一跳，趕緊跪下，說道：「德妃，妳我的罪名，只是項雲寰叛亂的藉口而已，就算妳我死了，又如何能讓他安心為朝廷剿叛！再者說瑞王那邊，聖上如今這樣的情況，瑞王是始作俑者。退一萬步說，他不是毒害聖上的人，可如今朝廷的局勢他自然不會不知道，卻依然不管不問，一意率兵南下，顯然已經沒有君臣之分，篤定了是不把朝廷放在眼裡了。所以，哪裡是妳我兩人的死能讓他安心的？」

盛顏微微點頭，思忖良久，才慢慢說：「君中書，如今朝廷兵盡糧絕，實在已經沒有辦法支撐下去了，與其等破城之後百姓遭殃，還不如開門讓外面的人進來算了……你覺得如何呢？」

君蘭桎大驚，抬頭看她，卻見她淡淡地開口：「只是你說，選擇項雲寰比較好，還是選擇瑞王比較好？」

君蘭桎急道：「這……」

「假如我們選擇項雲寰，那江山豈不是落在了異姓的手中，而且，項雲寰這是犯上作亂，萬萬不可縱容。而瑞王卻是當今聖上的兄長，皇家血統，如今雖然朝廷稱之為叛亂，卻畢竟還有個清君側的名義……我們當然還是讓瑞王進城保護一城百姓免受亂軍殘害，說起來比較名正言順，對不對？」

「但是，娘娘……」君蘭桎在心裡想，他差點命喪在妳的手中，而我與他在朝廷中相爭多年，恐怕他進城之後，第一件事就是把我們給處決掉。

「不過話說回來……」盛顏低聲說：「項雲寰現在手上數十萬大軍，恐怕也不是好收拾的吧。瑞王要是接手朝廷，首先至少要肅清反叛，到時候坐山觀虎鬥，也許聖上和我們還能有一點機會。畢竟現在，要是項雲寰投誠了瑞王，那就一切都完了，即使聖上醒來，即使他能留得住性命，恐怕皇位也必然落入他人之手。」

雖然是這個道理，但是君蘭桎還是猶豫著，盛顏又問：「或者，君中書覺得還是選擇項雲寰，跟他聯合對抗瑞王比較好？」

以城裡目前不到一萬人的兵馬，要說聯合也是個笑話，其實只是抉擇投降哪一派而已。選項雲寰是萬萬沒有道理的，君蘭桎也知道。

所以他無奈地站在臺階下好久，才低聲說：「是，謹遵德妃娘娘的意思。」

君蘭桎離開的時候，他聽到她在他身後，最後說了一句：「他恨極了我，恐怕不會留我在世上……到時候，一切就拜託你了，中書大人。」

他愕然地回頭看她。

她卻神情平靜，波瀾不驚。「就算我死了，也不足惜……只要，能換得他也死得悽慘。」

雖然朝廷最終決定了屈從瑞王，但是如今全城被圍，實在沒有辦法與瑞王的大軍聯絡上。

響箭沒有可能射到那麼遠的地方，探子在半夜偷偷出城的時候，被項雲寰的兵馬射死在護城河邊。要向人屈服也這麼難，真叫人想不到。

已經是二月天氣，草長鶯飛，樹樹花開，風和陽光都變得溫柔。但是在圍城中的人卻完全感覺不到春天的存在。

唯一的好消息是，瑞王已經來到距京城不過三十里的地方。為免「螳螂捕蟬，黃雀在後」，項雲寰停止了攻城，並且退兵十里，駐紮在京城外的百丈原上。

雖然項雲寰的大部隊撤了，卻還有小隊埋伏在樹林間，他們自然也擔心朝廷和瑞王言和，所以朝廷派出去送信的人，始終沒有辦法到達瑞王軍。而瑞王按兵不動地駐紮在三十里開外，竟然好像一點也不急，反倒讓朝廷中的人，開始翹首盼望這支叛軍的到來了。

「聽說項雲寰正在與瑞王談判，所以瑞王才這麼沉得住氣。」偶爾，也有探子從項雲寰那裡傳來一點消息，但也是隱隱約約的，不太確切。

君蘭桎在朝中商量說，看來叫人攜帶朝廷文書出去是不太可能了；但這幾日看來，城郊有些百姓本來已經逃到山裡藏起來了，最近戰事鬆了一點，有些人正潛伏回家拿東西，不如找一個能說會道的，裝成百姓，親自過去與瑞王談判。

眾人覺得也算是個辦法，於是推舉了禮部侍郎陳青雲過去。誰知陳青雲剛到城外，就被抓住。原來項雲寰身邊的人認識朝中眾臣，自然是被逮個正著。

這下滿朝文武都是戰戰兢兢，不敢動身了。

君蘭桎無奈詢問盛顏，是否讓宮中女官過去比較合適，畢竟宮中女官比較有見識，而且女人不會受懷疑。

盛顏思前想後，叫了吳昭慎過來，問她有沒有膽量去。吳昭慎一聽說居然是代替朝廷與瑞王通風報信，頓時嚇得哭天搶地，一轉身居然向梁柱用力撞去，立志尋死。

雕菰趕緊去抱住她，急道：「哎呀，昭慎妳……妳這是幹什麼？」

「我只求一個好死，請娘娘大發慈悲……」吳昭慎痛哭流涕。「這一去要是落在那些士兵手中，我……我可怎麼辦啊……」

盛顏無奈，低聲說：「是我考慮不周，對不起昭慎了。」

她揮手讓雕菰送吳昭慎回去好好休息，自己一個人在殿內坐了一會兒。抬頭看見天色已晚，便走出殿門問正在當值的君容與：「你今晚可有空閒？」

君容與低頭說：「唯有保護德妃一職。」

「好，既然這樣的話……」盛顏抬起下巴，淡淡地說：「跟我出去走一趟吧。」

君容與還以為她是想要到庭院走走，誰知她轉頭叫內侍：「我今晚要出宮一趟，若是明日回不來的話，就別找我了。」

內侍不明所以，遲遲疑疑地答應了。君容與頓時覺得不對勁，怔怔地看著她。

她平靜地坐在桌前寫下了半頁紙後，用玉鎮紙壓好，起身去內堂將自己以前從宮外帶進來的衣服中揀了最樸素的一件，然後把頭上的釵鈿全都取下，脫下了手上的玉鐲，跟他說：「走吧。」

君容與這才明白過來，愕然問：「娘娘是……要出宮？」

她低聲說：「不，出城。」

他們往城東而去，君容與回家取了下人的衣服穿上。

兩人一起走過她家已經被燒得盡成灰燼的院子時，盛顏站了一會兒，合手輕聲祝禱。君容與站在她的身後，只聽到她模糊不清的「以血還血」四個字，想起皇帝尚訓命令他來殺人時平靜而清秀的臉，他忽然覺得毛骨悚然。

驗看了令信，偏門開了一條小縫，他們無聲無息地擠出去，往南郊而去。護城河的河水無比清澈，沿岸種著柳樹，可以遮掩身影。

他們小心翼翼地沿河走到城郊，大片的桃林在暗夜中枝影婆娑。因為還沒有長葉開花，所以看上去無比肅殺，只有桃樹光滑的樹皮在月光下倒映出一些銀色幽光。

出了桃林，再無遮攔，兩個人偷偷走了一段路，前面便有人跳出來，厲聲喝問：「什麼人？」

君容與趕緊說：「我們是……逃到山裡的百姓，現在想回家拿點東西……聽說項將軍的部隊是不殺百姓的，才敢下來……」

盛顏低聲而倉皇地說道：「是啊，昨天阿毛爹就回家拿了個瓦罐……」

那個領隊的不耐煩，打斷她的話：「你們住在哪裡？」

「沿田埂過去，前面有兩株桃樹的就是我家，一共有兩間半的房子，還有半間柴房。院牆外還有兩棵石榴，一條青石……」

聽她說得這麼詳細，頭領也不疑有他，一抬下巴讓他們過去。誰知就在她一轉頭的時候，月光下那個頭領眼睛一亮，走到她面前攔住她，笑嘻嘻地說：「長這麼漂亮，躲到山上難道不怕嗎？不如跟著軍爺回去吧，山上老虎猛獸，可嚇人了……」

盛顏沒料到黑暗中還會出這樣的事，又急又怒，卻不敢說話，低頭急走。

那領頭的卻一把拉住她，涎著臉問：「怎麼樣啊？」

君容與趕緊擋在盛顏的面前，低聲說：「這位軍爺……我妻子她，她已經有三個月的身孕了，請大人放過我們一家人吧。」

「三個月？還看不出來嘛……」那幾個人打量著盛顏的腰身，還有懷疑。

君容與的手暗暗地探入懷中，觸到了匕首冰涼的柄。

正在此時，前面有一隊人馬過來，領頭的人坐在馬上，問：「出什麼事了？」

那些人抬頭一看，趕緊個個躬身叫：「見過項將軍。」

盛顏抬頭看了一下馬上的人，頓時嚇得把頭低了下去——那高坐在馬上，居高臨下打量她的人，正是項雲寰。

要是沒有他的話……尚誡和她，也許就是那樣擦肩而過，一場大雨後，各分東西吧。

不過誰知道呢？也許沒有項雲寰，他們的故事，也依然是要那樣發展下去的。

或許冥冥中的一切都已經註定，連結局都已經寫好。所有一切人的登場，所有的事件的發生，都只為了讓他們走到如今這一步。

盛顏低垂著臉，一言不發，小心地牽住君容與的袖子，就像個普通的民女縮在自己丈夫身後一樣，躲在他的背後。

在黑暗中，她又一直低著頭，項雲寰並沒有認出她，只用馬鞭指著盛顏和君容與，問：「這兩人是誰？」

「是一對小夫妻，從山上下來要回家拿東西的，在下見……見這個小娘子細皮嫩肉的，不像是村婦，所以隨便問問。」那個攔住他們的人趕緊說。

項雲寰又好氣又好笑，說：「你什麼時候要是有這種心眼，也不會落個名聲叫張馬虎了，明明是看人家長得漂亮吧？」

話雖這樣說，卻未免仔細看了看盛顏。本來此夜滿天都是烏雲，看東西不太清楚，此時卻突然雲開月出，下弦月光輝淡淡，照在盛顏的身上，光華流轉不定，竟叫人移不開眼睛。

他一時恍惚，在心裡想，這山野中怎麼會有這麼美麗的人？難道真像別人傳說的，百丈原上有妖狐出沒迷人？

不過也只是一剎那的出神而已，他很快就想起來，詫異地問：「是妳？」

盛顏料不到他記性這麼好，只好勉強咬住下脣，低聲說：「我……並不認識你。」

「去年春天，就在那邊的花神廟，妳曾經被瑞王射了一箭，這麼快就忘記了？」

他跳下馬，捏住她的下巴，抬起來看一看，笑出來：「就是妳沒錯，當時在大雨中，妳披頭散髮的樣子，都叫人驚豔——我後來看瑞王跟著妳去了，還以為妳會被他帶回去，原來妳依然還是在鄉野間嫁人生子了？」

她只能勉強避過，低聲說：「我當時……已經許配了人家。」

「真看不出來，他居然還是個君子，不奪他人之物。」他笑了出來，又多看了她一眼，說：「可惜了，瑞王在天下男人中也算是數一數二。」

「第一是我們將軍。」旁邊的張馬虎立即恭維。

項雲寰啞然失笑，一腳踢在他的屁股上。「滾，巡你的邏去！」

君容與暗暗地移動身子，擋在盛顏的面前，在心裡想，要是等一下出什麼事的話，就算拚了自己的命，也不能讓她落在敵人的手中。

而盛顏看項雲寰回過頭來，目光還在她身上打量，於是便在君容與身後指指不遠處的房子，怯怯地說道：「將軍要是不嫌棄的話，可以到我們家中看看，我們拿了東西就走。」

項雲寰隨意點頭，示意身後人跟上。自己上了馬，跟著他們一路走到她家去。

盛顏取出自己一直保存著的鑰匙，開了院門的鎖。鎖已經有點生鏽，她暗暗用力，才終於打開。

推門進去一看，裡面的一切，都還和以往一模一樣。還未長出花葉的桃樹，牆角早生的茸茸細草，磨得光滑的青石臺階，中間有淺淺的凹痕。

她強忍住自己湧上來的眼淚，很自然地走到柴房內拿出水桶，讓君容與去屋角石榴樹下的井中打了水。自己從廚房的櫃子中取了茶壺和杯子，清洗乾淨，要給項雲寰他們燒水煮茶。

見她如此熟悉這裡的一切，一夥人也打消了疑慮，盛顏挽留他們喝茶，項雲寰自然不會在陌生人的家中喝不知道什麼時候的陳茶，只揮手說：「算了，半夜三更喝什麼茶？你們趕緊拿了東西走人吧，朝廷和瑞王軍，不知什麼時候會打起來呢。」

「是，是。」君容與趕緊應道。

他們轉身便出去了，項雲寰聽到身後一個人嘖嘖羨慕地說：「娶到這麼漂亮的老婆，這男人真是夠有福氣的。」

「就是啊，這女人相貌這麼美，可是手卻常年忙家務，手指都磨粗了，真叫人可惜啊……我要是有這麼一個老婆，我每天端茶送水伺候她都願意！」另一人說。

「你看得真夠仔細的，盯著人家小媳婦從頭看到腳吧？」旁人一起取笑。那人不服氣。「看人家漂亮小媳婦有什麼奇怪的？在這裡待著沒女人，看母豬都是雙眼皮了！」

項雲寰終於忍不住了，回頭說：「好，什麼時候攻下京城，一人給你們分一個！」

「一人分一個這麼漂亮的？怎麼可能？」眾人頓時大喜。

「不，是一人給你們分一頭母豬！」

在一片哄笑聲中，眾人嘻嘻哈哈回到營中。項雲寰在歇息前，正看到軍中主簿走過，便隨口問：「瑞王那邊有什麼回音？」

主簿說道：「瑞王還沒有回應，不過我看朝廷最近頻繁地想要與瑞王接觸，他不會不知道，也許還在猶豫兩相取捨。」

項雲寰冷笑道：「他選擇朝廷有什麼好的，皇帝又還沒死，他回去要不親手殺了弟弟，就得做攝政王，徒費一番周折。若是和我們一起的話，他就可以堂堂正正攻下京城做皇帝了，多乾脆俐落。」

主簿點頭，說：「而且，我聽說當初正是盛德妃與聖上設計，擒下瑞王，險些使他死於獄中。而將軍的父親，又是被盛德妃害死，盛德妃如今掌控朝廷，將軍與瑞王可稱是同仇敵愾，我看這盛德妃是必死無疑了。」

項雲寰頓時憤恨起來，咬牙說道：「朝廷被這麼愚蠢的女人把持，也難怪如今變成這樣。」

主簿深以為然，點頭附和。

「這個盛德妃，又是什麼來歷？當今皇后是君蘭桎的女兒，而皇帝登基時就在一起的元妃又受封了貴妃，怎麼在皇帝出事之後，朝廷卻是由她出面來主持朝政？君蘭桎也真的肯點頭？」項雲寰又問。

「君皇后和貴妃都是軟弱的人，跟這位盛德妃不同。」主簿本就是朝廷中的人，是在項雲寰起事之後才投靠的，對朝廷這些八卦事，可謂瞭若指掌，聽他這樣問，便詳詳細細地說：「盛德妃是天章閣供奉盛彝的女兒，她父親只是個小文官，又在獲罪之後死於任地，更遑論什麼朝廷支持了。而且據說盛德妃年幼時受族人排擠，就住在京郊這百丈原旁。就這樣的女子，在進宮的短短時間內便能晉升為德妃，自然心計過人，不可小覷。」

項雲寰皺眉問：「她以前也住在京郊？」

「正是，她是去年春天才奉召進宮的，據說微賤時也十分辛苦，雖然容貌驚人，但是年少時操勞，稱不上手如柔荑，所以差點因此被太后送出宮。不過她手段非凡，後來還是留在宮中，還一躍受封德妃，倒是令人驚嘆。」主簿說著，都有點佩服她了。

項雲寰愣了一下，突然轉身出帳，飛身上馬，對手下人大吼：「走！再去看一看那女人！」

在項雲寰離開後，盛顏和君容與坐在屋內，喝了幾口茶，等確信他們已經去遠，不會再回來了，才輕手輕腳地鎖門離開。

君容與看著她輕車熟路的樣子，忍不住問：「這裡……德妃經常來嗎？」

「這是我的家。」她說。

君容與愕然地睜大眼，看著她回頭，留戀地看著自己的家。

她的家，矮矮的院牆後，桃樹的枯枝探出，在夜色中，灰黑色的枝條根根招展。低矮的屋簷上，長出了稀稀落落的簷松，像一個個小小的寶塔，立在屋頂。去年春天，瑞王尚誠，他就是站在這裡，看見了她。在高高探出院牆的桃花上，他們牆內牆外，兩相遙望。

但，她也只是瞬間的迷惘而已，隨即便悚然一驚，將自己的目光硬生生轉了回去。

如果再有一次人生，如果能再選擇一次，她真希望沒有那場大雨，沒有那片桃花，也，沒有遇見那個人——這樣，她的母親，就不會那麼悲慘地，早早離開人世。

在這個蕭瑟小院中，她和母親曾一起生活了五年，她們相互依偎著，熬過一年又一年，只想著要好好活下去。卻誰知，到她們已經不再擔憂衣食的時候，她的母親，卻因為她的錯誤，而死在那個人的手上。

還有，如今陷入昏迷，也不知會不會再度醒來的尚訓……

是啊，那個人，他還有什麼好顧忌的。他連自己的親弟弟、親叔叔，都能輕易下手，何況是一個普通的民間婦人。

她咬咬牙，轉過頭，低聲對君容與說：「走吧。」

君容與護著盛顏，兩個人好不容易才繞過項雲寰的兵馬營，向著瑞王那邊而去。

「在那邊！」旁邊忽然傳來一聲叫喊，在暗夜中驟然響起。盛顏嚇了一跳，朝君容與回頭的方向看去。

飛馳而來的三十餘騎，如同狼群席捲，向他們撲來。

「敗露了。」君容與急促地說道。

盛顏盯著那些人看了一眼，慣於馬戰的軍士，來襲速度極快，身體幾乎與馬是一體的，剽悍如猛獸。

她輕聲說道：「大人若有匕首，請給我一把。」

君容與忙拿出自己防身的匕首遞給她，又急忙說：「屬下誓死保護德妃。」

「是我連累了你。」盛顏說道。

君容與來不及回答，惶急中只聽得耳後風聲，只能帶著盛顏向旁邊灌木叢中飛撲而去，期望能藉黑暗的草叢掩蓋行跡。

然而早已有先行的騎兵直踏枯草殘雪而來，幾個起落便接近了他們。

君容與見機，在來人堪堪離他三丈之地時，迅即翻手抬腕，臂上手弩已經射出。

這小小的弓弩殺傷力並不強，但來人離他極近，速度又快，竟似自己撲到了箭上，頓時臉頰中箭，血流如注地仰面跌下馬背。

君容與扯過馬韁，見後面的人還隱在黑暗中，便托著盛顏的腰，將她送上了馬背。

「會騎馬嗎？」

盛顏搖頭，她從未曾騎過馬，這一下上馬落勢又急，胯骨震得疼痛已極，但也管不了這麼多，只能狠狠抱住馬脖子。

那匹馬仰頭長嘶，君容與看她是沒有騎馬經驗的人，可如今情勢緊急，他只能將轡繩攏住遞給她，然後叮囑：「跑！不要掉下來！」

盛顏咬牙點頭，死死地抱著馬脖子。

君容與回頭看後面的人已經衝出暗黑的夜，便抽出馬鞍上的鞭子，狠狠一抽。

那匹馬吃痛，縱身躍起，向前方狂奔而去。

天地茫茫，暗夜中天空的雲朵在疾風勁吹下迅速流散，前方沒有任何可以作為目標的東西，狂奔的馬在百丈荒野上一路向北。漸漸的，身後的馬蹄聲只剩下一匹，她倉皇地回頭看，追上來的人，正是項雲寰。

項雲寰的馬是大宛良駒，極其神駿，是中原的馬匹比不上的，人也是慣於在草原上縱馬狂奔的軍人。

在月光下，他肩膀寬闊，一張臉五官端正深刻，瞳孔卻如野生獸類的光芒，呈現出一種奇異的琥珀色。

他已經近在咫尺。

盛顏暗暗將自己懷裡的匕首握緊，項雲寰伸手過來，在疾馳中一把抓住她的衣角，就要將她拉過去。她右手往後狠狠一斬，他迅即縮手，只有她的一片衣角被刀削落，疾馳中狂風將它捲上天空，轉眼不見。

他忽然大笑起來，在月光下牙齒雪白。他帶著虎狼氣息喊：「盛德妃，我父親死在妳的手上，我做兒子的，是不是該向妳問個清楚？」

盛顏將匕首橫在身前，大聲說：「他的死與我無關！」

他只是冷笑著看她，眼睛中一種饒有趣味的神情。

盛顏心中一涼，知道自己今晚躲不過去了，正舉著匕首，惶急地想著脫身之計時，項雲寰卻忽然向西面看了一眼，說：「看來，有人要搶仇敵回去洩憤——盛德妃，妳得罪的人可不少啊。」

盛顏一愣，撥馬要逃離時，他卻從自己的馬上探身過來，一手抓住她的手腕，輕輕一折，盛顏手上劇痛，匕首掉落在地。他順手將她的腰攬住，瞬間擄到自己的馬上，立刻掉轉馬頭回去。

此時南面已經有數十騎出現。盛顏被項雲寰困在懷中，無論如何掙扎也沒法逃脫。她臉色慘白，在迎面而來的風中，恨不得一頭撞下馬，就此死掉。

未過多久，那跟隨項雲寰而來的三十騎與他會合，一起向西北方向奔逃。忽然前面塵煙一片，馬蹄聲急促，旁邊有人詫異說道：「來得好快。」

項雲寰按住懷裡的盛顏，大聲道：「刀出鞘，對方人不多。」

盛顏腰被勒得劇痛，只隱約看見前後左右四面都有人包圍上來。當頭的首領一身黑衣、黑馬、箭袖，狂風中披風高揚，背後的月光中他輪廓深重，就像用刀子刻進所有人的視線中一樣。

這般無法描摹驕傲凌人的尊貴氣質，在這漫無邊際的遼闊荒原暗夜中，才真正讓盛顏知道別人形容他飛揚跋扈的意義。

瑞王尚誡。

盛顏只覺得心中冰涼，兩人的重逢，居然是在這樣的情況下。

也不知是驚，還是悲，她眼淚一下子奪眶而出。

瑞王向這邊飛馳而來，面前明明有三十多個騎手刀鋒出鞘，他卻如入無人之境，手中反握的刀刃光芒如雪。身後將士也立即跟上，速度如箭，剎那間如疾風般捲襲而來，短兵相接，迅速見血。

廝殺中盛顏只覺得臉上微微一熱，有一滴血濺在了她的臉頰上。她抬頭見尚誡已經近在咫尺。

項雲寰也是反應極快，一邊側頭躲避，一邊已經用刀背擋開這一擊，大聲說：「瑞王爺，她殺了我父親，是我的仇人，讓我處置吧。」

瑞王瞄了盛顏一眼，說道：「難道你不認為應該是我將她千刀萬剮嗎？」

盛顏聽到他這樣的話，剛剛那一瞬間的迷惘，全都不知道哪裡去了。她猛力一掙，閉起眼睛就朝下面撲去，肩膀著地重重摔在草地上，耳聽得頭上噹噹數聲，兩人已經在馬上交手，她顧不上肩膀劇痛，爬起來狂奔出去。

馬群揚起浮草下的塵沙，眼前無法視物，耳邊只聽到兵器的撞擊聲迴盪。她在塵煙中迷了方向，無處可逃，忽覺得腳上一痛，是被一匹馬狠狠踏中腳背，她不由得腳一軟跪倒在地上。

看身邊馬蹄錯亂，盛顏料想自己此次難以逃脫，乾脆停住了腳步，站在那裡等待死亡。背後卻忽然傳來眾人的驚呼，有一匹馬分開眾人，直衝過來。

還沒等她轉頭去看是誰，便只覺得自己身子一輕，馬上人俯身將她如雲一般拉起，側坐在自己懷中，低聲說：「看來，妳還是要死在我的手上。」

她此時從鬼門關轉了一圈回來，精神恍惚，聽到他在耳邊輕聲低語，不由得緊緊閉上眼睛，再也不想理他，也不管自己究竟會被怎麼處置。

瑞王見盛顏已經到手，轉頭對身邊人說：「射箭。」

項雲寰那邊出來倉促，並未備足弓箭，在平原上沒有掩體，唯有盡快退去。

項雲寰在十來丈外忽然一勒韁繩，那匹馬訓練有素，立時停住。他回頭看盛顏，大笑說：「瑞王爺，你殺了她之後，是否能將她那顆漂亮的頭顱送給我祭父？」

瑞王並不說話，隨手接過旁邊的一具鐵弓，搭箭在手，滿弦射出。這一箭去勢極快，項雲寰無法逃避，居然將馬韁一拉，胯下那匹神駿的大宛紅馬被迫人立起來，那一箭正射入馬的腦門，紅馬悲嘶一聲，狂奔出去。

經過盛顏剛剛騎過的那匹馬時，項雲寰用手在紅馬的背上一撐，凌空落到那匹馬的背上，一扯韁繩回頭看了他們一眼，揮手帶著一批人迅速離去。

只留下那匹中箭的紅馬隨他們跑了一陣，轟然倒地，氣絕身亡。

半夜奔波，精神緊張，盛顏此時已經累極。肩胛骨似乎是摔裂了，痛得她全身發抖，又不願靠在瑞王胸口，只能瑟縮著伏在馬上，意識昏迷。

瑞王見她這樣死倔，也只冷笑，揪住她的衣領將她扯起，單臂圈在懷中。

劇烈的顛簸得到緩衝，她終於緩過一口氣來，卻又無力掙脫他的禁錮，只能身不由己靠在他的胸口，戰慄地被他的氣息籠罩，如落入羅網的重傷幼獸。

她唯一能做的，只是閉上眼睛，勉強想著等一下究竟該如何與他談判。

其他人都落到了後面，只有瑞王一騎帶她在荒原上奔跑，前面漸漸顯出一個燃點著火把的營帳來。營帳後面的天空，還是一片黑暗，而帳前熊熊燃燒的火堆，給千萬帳房鍍上了金色的光輝。四周除了風聲，一無所有。

縱馬到大營的前面，瑞王先跳下馬，然後轉身，微微伸出雙手，做了一個讓她跳到自己懷裡的手勢。

她遲疑了一下，咬咬牙還是自己翻身下馬。黑馬高大，她支撐著下馬的時候，肩膀劇痛，頓時手一軟，被馬蹄踩傷的腳也支撐不住，一個趔趄摔倒在了瑞王身上。

瑞王拉住她，嘲諷地說道：「逞強對妳一點好處也沒有，有時認輸的話，還是放低身段比較好。」

盛顏一聲不吭，竭力控制自己身體的顫抖。剛剛還不覺得，現在用過力之後，只覺得自己的肩胛骨幾乎已經碎掉一般。

瑞王看她痛得臉色慘白，額頭上的冷汗隱隱沁出，在火光下一顆顆晶瑩分明。

他微微皺眉，忽然手上用勁，居然將她打橫抱起，大步向著軍帳走去。

盛顏身體一下子騰空，頓時驚慌失措。而瑞王低頭看著她，淡淡地說：「我看妳也走不動了，還是我幫妳一把吧。」

周圍經過的巡邏士兵們，本來就未免要多看她一眼，現在看見瑞王居然將她抱入自己的帳中，更是目瞪口呆。雖然瑞王軍紀嚴厲，率下甚嚴，但是半夜三更陡然看見一個異常美麗的女子出現在這裡，還是難免會成為緋聞。

盛顏又急又氣，逃避一般地將自己的臉轉過去，寧願把頭埋在瑞王的胸前，也不願意讓別人這樣看著自己。

瑞王面色如常，轉頭對身後的白晝說：「叫軍醫來，德妃可能傷到肩膀了。」

眾人這才知道原來這位就是朝廷裡的盛德妃，不由得都大吃一驚，等瑞王將她抱進自己的帳中後，難免私下偷偷議論：「這位就是盛德妃？那不就是誣陷王爺謀反的罪魁禍首嗎？」

「清君側，第一個清的應該就是她了，怎麼王爺居然深夜將她帶回來？」

「我聽說是剛剛從項雲寰手中救下的……」

白晝已經走出去了，但還是忍不住回頭，壓低聲音問：「你們都無事可做嗎？」

「是！」他們趕緊列隊離開，繼續巡邏。

第十二章

萬枝丹彩灼春融

眼前一片金色紅色如漩渦一般，燭火搖曳，天地動盪。

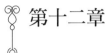

盛顏的肩膀看來兇險，所幸沒有什麼大礙，倒不是摔到了肩膀，而是拉扯到了肩胛骨周圍的筋肉。

軍醫給她開了藥膏塗抹，盛顏看著瑞王，微微皺眉，說：「還是勞煩大夫給我開點內服的藥吧。」

她肩膀受傷，自己肯定不能幫自己擦藥膏了，而且估計他這邊也沒有隨行的女子。

他接過藥膏，示意軍醫先出去，逕直向她走來：「對不住盛德妃，軍中沒有這麼講究。不過如果盛德妃不介意的話，我倒也願意施以援手。」

盛顏不由得抱住自己的肩膀，瑟縮起身體，瞪大眼睛看著他。

而他在床邊坐下，似笑非笑的面容上，一雙眼睛灼灼地盯著她：「難道說盛德妃的記性這麼差，忘記我們曾經做過更親密的事情了嗎？」

盛顏只覺後背一涼，胸口升起的恐懼讓她冷汗迅速冒了出來。

怎麼會忘記。在雲澄宮裡，小閣外的瀑布，一直嘩啦嘩啦地不停響著，他親吻在她脖子上、胸口上的脣，灼熱如暗夜火光。

瑞王看她猶豫，也不管她是否願意，伸手撫上她的脖頸，右掌探入她的衣領內，手腕翻轉一撕，她的左襟已經滑落了下來，肩胛骨附近果然已經微微地腫脹起來。

她大驚，還沒來得及阻止，腫痛的地方突然一陣冰涼。

他確實在幫她塗抹藥膏，清涼的一片沁進去，頓時將傷口火辣辣的灼痛感驅散了不少。

盛顏竭力忍住直衝上腦門的屈辱與恐懼，她僵直地背轉過身子去，任由他的手指滑過自己的肩膀，輕輕揉按。

她勉強控制住了自己身體的顫抖，卻無法抑制自己急促的呼吸。

暗夜中只剩下燈花嗶嗶剝剝的聲音，兩個人都不說話，不遠處傳來刁斗的聲音，已經三更了。

等藥膏塗好，她倉皇地重新拉好自己的衣服，立即轉身退開，縮到床上離他最遠的地方。

而他若無其事地站起來去洗手，慢慢擦乾，問：「盛德妃是否要開始講正事了？」

盛顏用力咬住自己的舌尖，尖銳的疼痛讓她大腦略微清醒過來。

如今這樣的情勢，他早已不動聲色控制了局面，她已經是完全沒有討價還價的餘地。

不過她也並不在乎，反正，她本來就不是來提要求的。她唯一能做的，不過是對面前人乞憐，無論用什麼手段。

所以最終她只說：「既然瑞王都知道我今晚會來找你，及時來接我了，我想你也一定早知道我找你什麼事。」

「朝廷也夠辛苦的，這麼久了連個消息都傳不出來，居然還要勞煩盛德妃親自跑一趟。」他頗為嘲譏地說。

可盛顏卻清楚地知道，朝廷內、宮城內的事情，他樁樁件件瞭若指掌。只是他冷眼旁觀，靜候時機，所以無論派出什麼人、放出什麼消息，都無法與他聯絡上。

只到了現在，她不顧尊嚴與臉面，拚死過來，他才終於出現。

所以盛顏並沒有反脣相譏，只慢慢地坐好，竭力維持最莊重的姿態，說：「瑞王一走，聖上重病，人心也浮動了。如今朝廷人才凋敝，也是無可奈何。」

他抬眼看她。「本王聽說盛德妃一力支撐朝廷，勞苦功高，真叫人佩服。」

她垂眼觀心，平靜地說：「我只是一個女人，哪裡插手得了朝廷的事情，還是要靠瑞王回來主持朝政，才是正途。」

瑞王笑出來，問：「怎麼又有我什麼事？朝廷不是前幾天還要將我這個逆賊格殺勿論嗎？我這亂臣賊子要是再回朝攪弄一番，恐怕有一堆人會糟糕吧。」

盛顏依然不敢抬頭，只低聲道：「過往一切，你我都有對不住彼此的事情，但是現在是朝廷有難，我們只能先放下以往一切……」

「妳我之間，似乎是妳對不起我比較多。」他冷冷道。

盛顏料不到他居然這樣說自己，她放在膝上的雙手不自覺地緊握成拳，指甲深深地嵌進自己的掌心，幾乎刺破肌膚。

他殺害了她的母親，而如今卻說出這樣一句。

但，在他心裡，一定覺得她背棄諾言嫁給了尚訓，又與尚訓一起謀害他，才是更嚴重更十惡不赦的罪行。只因為他是凌駕於人的那一個，視別人如草芥，而別人的一點對他不住，便是天大的罪過。

她深吸一口氣，終於還是緩緩地放開了自己攥緊的拳頭，深吸一口氣，不得不抬頭正視著他，說：「聖上如今的情況，想必瑞王也知道了……現在社稷動搖，連項雲寰這樣的人都敢造反了，這天下畢竟是你們家的天下，哪有落到外姓人手中的道理？你助朝廷誅滅亂臣賊子之後，自然要接管朝政，到時我與一眾當初對不起你的人，全聽憑你發落。」

他脣角微揚，臉上自始至終掛著的嘲譏意味更濃了：「盛德妃，京城已經亂成這樣，相信也兵盡糧絕了，我要是和項雲寰聯手，只需數天就可以輕鬆攻下京城，馬上就能將以前對不起我的所有人剷除，何必辛苦幫你們剿滅項雲寰，然後等個一年半載再處置你們呢？」

他說到這裡，忽然又笑出來，目光一瞬不瞬地盯著她，低聲說：「就如妳，已經落在我的手上，卻還妄想著與我談判，不是異想天開嗎？」

她咬住下脣，抬頭正視他，卻毫不畏懼。「就算現在王爺順利攻下京城，可在後人說來，始終都是謀朝篡位的亂臣賊子。但王爺若與朝廷一起剿滅叛黨，天下歸心，當今聖上如今又這般情況，無法再掌管朝政，禪位於王爺是名正言順，我相信對王爺而言，此舉大有裨益。」

「雖然如此，但是反正都是麻煩，妳憑什麼覺得我應該選擇現在就面對項雲寰的麻煩？」他反問。

她用自己的手點在桌上的行軍地圖，指向南方：「項雲寰如今是叛軍，自然對天下也有企圖，你們現在聯手，將來要準備如何呢？瓜分天下，你在北方、他在南方嗎？」

頓了一頓，見瑞王不說話，她蒼白憔悴的臉上，也露出了一絲勉強的笑意。「既然，你將來總有一天要收拾他的，與其將來要落兩個罵名——謀逆朝廷和誅殺盟友，不如趁現在朝廷有求於你，過來言和的時候，提前將心腹大患掃蕩乾淨，乾乾淨淨登基，豈不是最好？」

瑞王看著她的微笑，抱起雙臂，說：「但我是為清君側而來，一路南下，和朝廷也打了不少仗，如今一夜翻轉，代表朝廷出征逆軍，又該如何對手下官兵交代？」

「清君側和平逆軍，全都是為了天下，有何不同？」她問。

「天下……盛德妃在朝廷中混了幾天，居然連這一語雙關的本領都學會了，真叫人佩服。」他嗤笑著，忽然站起來，幾步走到她的身邊。

盛顏還坐著，不知道他過來有什麼事，正在茫然間，卻覺得下巴一緊，原來是他伸手抬起了她低垂的臉頰，兩人的視線，瞬間對上。

暗夜無聲，燭火搖盪，一片萬籟俱寂。

「那麼，為我們的合作，再添上一個附加禮物怎麼樣？」他凝視著她，目光灼灼。

盛顏愕然，還不明所以，卻聽到他又說：「這麼久以來，我身邊不乏女人，而妳也早已是尚訓的妃子。但我自己也很奇怪，為什麼有時午夜夢迴，我認真想一想自己一生中最想得到的東西，或者是有什麼缺憾……有時候是皇位，有時候是我的母親，可是更多的時候，總是想起妳來。」

他自嘲地一笑。「也不知道是因為，妳是第一個我有十足把握卻偏偏眼睜睜看著失去的東西，還是因為，妳是第一個叫我心動的人。」

十年前的小女孩，奇蹟般長成絕世美人，站在他的面前。那時他還以為，這是上天給他這一路艱難跋涉的補償，他能緊緊握住她的手，從此再不分開。

而，大雨中，桃花下，漫天漫地全都是粉紅顏色，嬌豔明媚。如何才能叫人不心動。

「還有很多好笑的念頭，像個小孩一樣。」他放開她，回去坐下，仰身靠在椅背上，恍如自言自語：「比如說，在第一次見面的時候，既然妳上了我的車，我就應該不由分說直接將妳帶走；再比如，那一次向妳求親之後，在三生池邊，既然已經親吻了妳，為什麼還要放開手，反正一匹馬不一定只能坐一個人；還有，太后允許妳出宮的時候，為什麼我偏偏避嫌，要站在宮門口等妳，我就算直接進宮將妳帶走又如何？又或者，在雲澄宮的時候，不應該去誘惑妳，而應該直接將妳弄出去，等妳醒來的時候，一切已成定局，妳再也沒有辦法拒絕我……」

現在想來，只要當初偏差分毫，多做了一點點，或者少做一點點，她都應該能屬於他。

可偏偏有時候，就差了那麼一點點，於是世事就永難如意。

他的話輕輕慢慢，恍惚在她耳邊浮響，在暗夜中如此纏綿繾綣；可聽在盛顏的耳中，卻只覺得自己的胸口，一陣氣血翻湧，怨毒與悲涼，像是在心口煎熬蒸騰。

他重傷了她的丈夫，又殺了她的母親。若說他一而再再而三地謀殺尚訓，是為了皇家相爭，可是她的母親何辜？卻這樣死在他的一念之中。

如今，他卻如無事人一樣，在她面前說著這些話，叫她怎能不怨恨。

難道這世上，只有她曾在心裡發誓，她活著的目的，就是與他為敵？

她深深吸氣，忍不住打斷他的話：「瑞王爺，我們已經永無可能。」

他微微冷笑。「是，當然不可能。我的記性還沒差到，忘記有人曾經親自寫下殺我的詔書，親自替我的弟弟準備下殺我的利刃。」

盛顏別開臉，僵硬地說：「如今我過來，是談朝廷與王爺的合作。」

「沒有兩手空空上門談合作的道理，德妃未免太不懂人情世故。」他冷酷地打斷她的話。

盛顏的手抓緊了自己身上的裙裾，呼吸困難。

而他端詳著她低垂的蒼白面容，緩緩俯下身。他的雙脣貼在她耳畔，用幾乎聽不見的聲音，低低地說：「妳看，我現在很後悔。我想要的東西，就在我手上時，我不應該放開哪怕一刻──比如說，如今我眼看著自己想要的東西就在面前，就算味道不怎麼樣，我是不是也應該及時嘗一下？」

這赤裸露骨的話讓她猛然驚起，顫聲問：「難道王爺不在乎朝野議論？聖上還沒死！」

他冷笑道：「我不信誰敢議論我。」

她無話可說，只恐懼得連呼吸都難以為繼。

瑞王尚誠看著她低垂的臉頰，良久，走到她身邊，伸手將她抱起，俯臉在她的耳邊低聲說：「有時我真覺得，得到這個天下對我而言很容易，因為我對自己有把握。可是要得到妳，真是人間最難的事情。」

因為，他對於她，實在沒什麼把握。

這世間的事情往往如此，無論多麼強大的人，在感情上卻總是無能為力。

「那麼，德妃，過來做說客的時候，妳難道沒有想過會發生什麼？」他垂頭在她的耳畔，低低地問：「還是說，其實妳早就準備好，要犧牲什麼了？」

四更已過，刁斗聲音傳來，外面士兵開始換哨。

盛顏狠命將他推開，低聲說：「我還以為瑞王爺一心為你家天下。」

「妳不會以為，我真的會傻到任由你們開條件？」他好笑地看著她，說：「現在的局勢，只有我能要求，而你們無權提出任何不同見解，懂嗎？」

「可……我是你弟弟的妃子……」她用幾乎哀求的目光，看著他。

他的眼睛微微瞇起，那裡面鋒利的光芒冰冷迫人。「我想他不會再醒來了，妳做他的妃子，沒有意義。」

盛顏聽著他冰涼的口吻，悚然驚懼，正要開口，卻感覺他已經吻上自己的脣，她再也沒有開口的機會。

她身子一僵，想要用力推開他，可肩膀的傷引發劇痛，而他箝制住她的腰背。她的手徒勞抵在他的胸口，卻無力相抗，只能順從地任由他撬開自己的雙脣，與她舌尖交纏。彷彿是食髓知味，他狠狠地加重了雙臂的力量，讓她更貼近自己一點，吻得更深入一點。

盛顏頭暈氣短，無奈地閉上眼，只感覺眼前一片金色紅色如漩渦一般，燭火搖曳，天地動盪。

直到她氣息急促，快要暈厥過去，瑞王才放開她，低頭看著她眼角染著紅暈的樣子。那因為蒙上一層淚光而在燭光下粼粼的眼波，虛弱的喘息中臉頰嬌豔明媚。柔弱如此，真叫人痴迷。

他抱起她，向著床走去。被放置在床上之後，盛顏才像是剛剛省悟過來一般，她睜大眼看他，僵直地半坐起來，低聲說：「我不能留在這裡。」

他卻沒有理會，右手順著她的脖頸滑上去，插入她濃密散亂的髮間，將她的臉托起，順著她的肌膚吻下去，柔軟，甜美，讓人戰慄。他情不自禁將她按倒在床上，雙脣在她胸前流連，留下緋紅的痕跡。

她用力抓緊自己身下的被褥，深吸一口氣，強迫自己清醒過來，不要被他控制住。

可外面依然是凝固一般的黑暗，沒有任何人會看到她，來到她的身邊拯救她。

她用力咬住舌尖，讓自己保持清醒，然後微微撐起自己的上半身，將自己損傷的肩胛，狠狠地向著床沿撞了下去。

劇痛中，她渾身顫抖，冷汗迅速地沁了出來，雖然咬住了舌尖，但她還是痛得悶哼出來。

他正抱緊她的腰，卻感覺她全身的肌肉都繃緊了，渾身冷汗。

他未免有點惱怒，但還是將痛得蜷縮成一團的她抱了起來，讓她俯臥在床上，仔細地看她後背的傷，低聲說：「真是不小心，居然又撞到傷口。」

或許是因為剛剛的迷亂，他聲音沙啞低沉，又刻意壓低了，貼在她的耳邊說話，讓她全身都戰慄起來。

她咬住下脣，將自己的臉埋在枕中，默不作聲。

「哼……」他悻然冷笑，放開她便站起來，站在她面前慢悠悠地理好自己的衣服。

盛顏蜷縮著身子，肩膀痛到讓她脫力，竟連意識都有點恍惚。

他走到帳門口，低聲對外面的衛兵說了句什麼，然後回來在床前坐下，突然問起無關緊要的問題來：「跟著妳來的那個，是君蘭桎的兒子君容與嗎？」

「是。」她低聲說。

他淡淡地說：「妳現在身邊沒什麼得力的人保護妳，以致妳之前差點出事，我讓鐵霏繼續跟著妳吧。」

她當然拒絕：「不必，鐵霏是你的心腹，在你身邊比在我身邊更有用武之地。」

「他武藝出眾，但行軍打仗稍微欠缺些，讓他在妳身邊我是信得過的，而且……」他頓了一頓，然後才盯著她說：「我對妳信不過。妳不是個守信的人，至少，從沒有對我守過信用。鐵霏在妳身邊的話，我也好隨時知道妳發生了什麼事。」

是，她從來沒有想過要守信，所以也只能默認。

不一會兒，鐵霏就進來了。見過了瑞王之後，轉頭去看盛顏，見她倚在床上，鬢髮散亂，愣了一下，慌忙低下頭，不敢再看。

瑞王平淡說道：「盛德妃受傷了，原先的侍衛護衛不力，所以我想讓你再跟在她身邊保護她一段時間。如今朝廷局勢動盪，切記要寸步不離。」

鐵霏頓時愕然，問：「王爺，這……」

「我很快要與朝廷和談了，你回到她身邊，官復原職應該沒有問題……盛顏，妳覺得呢？」他不再叫她盛德妃，竟直接叫她名字了。

盛顏默默咬住下唇，對於這個明目張膽安排在她身邊的探子，她還能說什麼？如今有求於人，一切只能都應下了。

所以她坐起來，撫著自己的肩，低聲說：「多謝瑞王爺厚意，想來有鐵霏在的話，我以後也不會再受這樣的傷了。」

瑞王笑了笑，看鐵霏欲言又止的樣子，便問：「你願意嗎？」

鐵霏猶豫了一下，便向盛顏單膝跪地，說：「鐵霏自當全力保護盛德妃，赴湯蹈火，在所不辭。」

瑞王抬頭看了看外面的天色，問：「那位君防衛，你帶回來了嗎？」

「屬下已經將其帶回，正在屬下的營房中。」

「把他帶過來，點一隊兵馬送盛顏和他回城去，你就不用回來了，記得好好保護你的主人。」他說。

「是。」他簡短地回答，轉身出外。帳內又只留下他們兩人。瑞王走過去，低聲說：「準備走吧。」

她抬頭看著他，默默點頭，伸手拿過旁邊的一根帶子，將自己流瀉下來的頭髮綁起來，緊緊束住。

瑞王望著她舉起手時，滑落的袖口露出的皓腕，瑩白如玉。雖然他與她結下大仇，理應厭惡她，可這一刻只覺得心口有些不明的東西，蕩漾波動，讓他忍不住伸出手，握住了她的手腕，用指尖輕輕撫過。

外面鐵霏的聲音已經傳過來：「王爺，盛德妃，屬下已經準備好了，隨時可以出發。」

瑞王笑了笑，說：「鐵霏這笨蛋，難道不知道動作慢一點嗎？」說罷他伸出手來，將她打橫抱起，強行按住她的身軀，讓她偎依在自己懷裡。

盛顏窘迫掙扎。「我傷的是肩膀，腳只是輕傷……」

「就當是腳重傷又怎麼樣，並無人知道。」他笑道，將她抱出帳房。外面鐵霏與一隊人馬都已牽馬在等待，看到他抱著盛德妃出來，所有人都是一副目瞪口呆的樣子，而站在鐵霏身邊的君容與更是立即撲上來。「盛德妃……」

鐵霏這次倒是機靈了，鎮定地按住了他，用所有人都聽得到的聲音幫他們解釋：「盛德妃受傷了。」

盛顏便如一朵雲般被瑞王托上馬，放置在鞍前。周圍的人大氣都不敢出，看著她緋紅的臉，也不知道是羞怯，還是被周圍的火把映紅，光芒流轉，異常動人。

瑞王倒是毫不在意別人偷看她，翻身上馬，示意鐵霏讓君容與上馬。數十騎衝出營房，踏月向著京城而去。

剛與瑞王交手過的項雲寰，現在也沒有出來再搶一次仇人的膽量，哨兵們更是不敢阻攔，眼睜睜看著他們越過項家軍營地去。

來到護城河前時，天色已漸漸亮起來。瑞王沒有下馬，只將盛顏抱下，遞給鐵霏，說道：「好好照顧她。」

「是。」鐵霏趕緊扶住盛顏，君容與瞪了他一眼，但是當著瑞王的面，卻也不敢說什麼。

瑞王在馬上居高臨下看著盛顏，忽然俯身下來，在她耳邊輕聲說道：「等我一下，我待會兒去宮裡見妳。」

她這一夜顛沛流離，變故倉皇，意識恍惚中，只能茫然點頭。瑞王滿意地微揚脣角，一扯韁繩，率眾離去。

盛顏看著馬後揚起的塵煙，忽然想起去年三月，桃花盛開。她手中握著瑞王的那一塊玉珮，眼看著他率領幾十騎隨從，錦衣怒馬捲過平崗，消失在桃花林中。

「德妃娘娘哪裡受傷了？」君容與看著瑞王離去，趕緊上來詢問。

她回過神，默然轉頭將自己的令信交給他，然後說：「我從馬上摔下來，傷到了肩膀，腳掌也被馬蹄踩傷了。」

君容與看她臉色難看之極，焦急地用令信示意那些人開了小偏門。三人進去後，他又問：「不如德妃娘娘在這裡等一會兒，我去宮裡叫人來接。」

盛顏搖頭，說：「不必了，你現在就回家，告訴你父親，瑞王已經答應和談，讓他立即召集群臣商議一下。我和鐵霏回宮去就可以。」

「但……這個人曾是朝廷叛逆，德妃為什麼還要留他在身邊？」君容與指著鐵霏，皺眉問。

鐵霏給了他一個「你以為我願意嗎」的表情，一言不發。

盛顏搖頭，說：「這你不必擔心，趕緊回去與你父親商量吧……就說，朝廷大軍與瑞王軍合併，他平定天下，入主朝廷之後，保證好好安置舊臣與聖上，一切過往概不追究。」

回到朝晴宮，天色已經微明。

盛顏剛剛踏入宮門，就有一條人影撲上來，哭道：「娘娘，妳嚇死我了，嚇死我了……」正是雕菰。

盛顏見她眼睛已經哭腫，便詫異地問：「妳怎麼起這麼早？」

「我昨晚送吳昭慎回去後，便不見娘娘了，只看見妳給太后和太子殿下留的書信，讓我天亮送去。可我等了一夜，妳都不回來，我……」她又哭又笑，涕淚滿面。「眼看天要亮了，我都想要去找太后了……」

「傻瓜，這兩封信現在沒用了。」她將雛菰手中的信拿了過去，撕碎了丟在香爐中，頓時一陣火騰起來，化為烏有。

望著火光怔怔出了一會兒神，盛顏才抬手幫雛菰擦去眼淚，說：「別擔心了，妳看誰來了。」

雛菰這才看清她身後的人，頓時結結巴巴地叫起來：「鐵……鐵霏？」

鐵霏面無表情地朝她一點頭，顧自站在了殿門口，筆挺如松。

盛顏看著她目瞪口呆又滿臉通紅的樣子，嘆了一口氣，伸手搭住她的肩，說：「扶我去沐浴，我現在只想立刻休息。」

雛菰應了，慌亂地看看鐵霏，然後扶著盛顏進內去，替她備下洗澡水。幫她脫衣服的時候，雛菰看見她的後背腫成那樣，不由得嚇了一跳，趕緊問：「娘娘，這是……這是怎麼回事？」

「沒什麼，我遇到一點危險，鐵霏救了我。」她隨口撒謊。

雛菰小心地幫她在水中梳理著頭髮，一邊低聲問：「那麼，鐵霏這次回來，還會離開嗎？」

盛顏有點羨慕她的單純無知，她似乎已經忘記了，鐵霏以前是為何潛逃的。

她只歡喜自己心上人的回來，而根本沒興趣去追究背後發生什麼事。

她疲倦地靠在雝菰的臂上，低聲說：「誰知道呢。」

雝菰沉默了一會兒，小心翼翼地再問：「朝廷會不會追究他以前的事呢？」

「不會的。」她說，為了轉移話題，她伸手去撩起雝菰剛剛撒進水中的乾花看，問：「這些是什麼花？」

「是太醫院調配好的乾花，娘娘不是受傷了嗎？這中間有紅花、月季、三七花、芍藥、凌霄花，還有桃花。」她轉頭去看那個藥罐上寫著的配料。

盛顏默不作聲，掬起面前一朵半沉半浮的桃花看，晒乾後的桃花褪盡了紅色，變成暗黃，花瓣零落，徒具花型。

她心裡忽然想，就在去年春天，她晒桃花的時候，有人曾在桃花前向她求婚。不知道現在這些桃花中，會不會有一朵當時聽到過他們的承諾？

那又會不會有一朵知道，兩人如今反目成仇，誓要殺對方以後快？

一時心中百轉千迴，難過得心口劇烈疼痛起來。

洗完澡，雝菰將鐵霏帶來的藥膏幫她塗上，揉按了一會兒，盛顏便沉沉睡去。

雕菰輕手輕腳地將床帳放下，輕輕退出，才剛剛走到鐵霏身邊，還找不到話題的時候，突然外面傳來內侍顫抖而急迫的聲音：「太子殿下，殿下請等等！」

雕菰和鐵霏還沒等看見內侍，就看見一團身影旋風一般奔了進來，行仁從宮門口向著殿後直奔過來。「母妃，母妃！」

雕菰趕緊跑上前去，攔住他。「殿下，德妃娘娘正在睡覺，皇殿下有事等下午再來吧……」

行仁理都不理她，將她一把推開，逕自跑進後殿去了。

鐵霏皺眉看著行仁，問：「這就是代皇上監國的太子？」

雕菰吐吐舌頭，笑道：「太子才十二呢，個性急躁了點，長大就好了。」

行仁根本不理會他們在議論什麼，直衝進後殿，大叫：「母妃，快起來啊！」

盛顏睏倦之極，但是也不得不睜開眼，看著外面已經奔進來的行仁，支撐著半坐起來，問：「發生了什麼事？」

行仁隔著薄薄的紗帳，興奮地說：「母妃，城外打起來了，我們一起上城牆去看看吧！」

盛顏應了一聲，緩緩問：「瑞王軍和項雲寰那邊已經開戰了嗎？」

「是啊，聽說瑞王天剛亮的時候突襲項軍！母妃，是不是很奇怪啊，朝廷還沒和瑞王軍談判呢，他們就已經開戰了，這下一定是站在我們這邊了吧？他不會打進城裡來了吧？」

盛顏淡淡地說：「是啊，他不會打進來了。」

行仁看她反應冷淡，愕然問：「母妃，妳難道不覺得奇怪嗎？」

「現在朝廷上可能有事要找你，你還是先回自己的宮中吧。」她說著，靜靜地躺下，閉上了眼睛。

第十三章

春深欲落誰憐惜

只要忘了不需要記得的事，妳我此生，註定幸福美滿。

人世間一切浮雲變化，全都只在一場睡夢間。

盛顏醒來的時候聽說京城的圍困已解，全城人都瘋了一樣，欣喜若狂地上街去迎接瑞王軍進城。

她看著天邊燦爛的晚霞，夕陽正緩慢地下沉。

凌晨的時候，他與她告別，說：「等我一下，我待會兒進宮去見妳。」如今說到做到，確實比她守信用。

好好睡了一覺之後，肩膀的疼痛也緩解不少。雕菰幫她梳整頭髮，她看著鏡子中自己慘白的面容，開口問：「項雲寰死了嗎？」

「他戰敗後在部下的掩護下逃脫了，據說嶺南一帶早已跟著他宣布叛亂，大家都說他是要跑回那裡去。瑞王手下的部將已經率軍往南追擊。」

「幸好……」她低低地說了一聲，雕菰詫異地看著她，她卻再不說一個字。

宮中正在準備夜宴，今晚朝廷要在嘉魚殿替瑞王慶功，所以瑞王當然會到宮裡來。

而她現在，就是待宰的羔羊，正在等待著最後刀子落下的那一刻。

等待是漫長而難熬的，她得竭力才能控制自己冷靜下來，把所有恩怨都算一算，再想一想到底要怎麼面對那個人。

他殺死了她的母親，在她將出逃的辦法告訴鐵霏之後。

他對尚訓一再下手，導致他昏迷於病榻，朝廷天塌地陷。

他的名字出現在父親留下的密書之上，與她父親的遭遇和當年易貴妃的死，必有關聯。

他如今掌控了這個天下，已經無人能再觸他的赫赫威勢。

在一陣急似一陣的怨恨與悲哀之中，盛顏拉開書案抽屜，將尚訓當初抄下的那十張紙又再度拿出來。

自尚訓出事之後，她為朝廷、為復仇疲於奔命，將這些密書封存在這裡。此時再拿出來看，心裡難過不已。

父親當初留下遺言指引她與尚訓找到密書，可為什麼卻在解讀時，要設一個這麼難的關竅，而她與尚訓，又從哪裡得到這些錯亂字碼的正確排列方法呢？

她看到第一張上的一滴血跡，正滴落在那個「瑞」字上。這是當日尚訓中毒吐血後濺上的，如今已經轉成棕褐色，怵目驚心。

她嘆了一口氣，將第一頁翻過，發現那滴血自濺上之後便沒有被擦掉，以至於滲到了第二頁，正印在一個「腦」字上。

她下意識地翻到第三頁，血跡已經透不過來，但那個地方明顯留出的，是個「草」字。

瑞腦草。

她心中忽然有了個難以控制的想法。她猛地抬手拉開妝盒，胡亂抓起一支簪子，向著那滴血跡刺去。

尖銳的簪尾無聲無息，扎透了十張紙。

她將簪子丟開，深吸了一口氣，然後順著扎過的洞，一張一張翻著下面的字——「瑞腦草臣以為此物乃用」。

勉強可讀的一句話。

她呆坐在椅上半晌，然後拿出一張新紙，將尚訓抄下的那十張紙上的字全部抄到了這一張之上，一張一橫行十九個字，就和她父親留在經卷後頭一模一樣的排列。

他們都想錯了，是把事情想得太複雜了。

其實，只要拿著她父親留下的十張經卷，排列在一起，然後豎著讀，便是他留下的所有想說的話。這麼簡單的事情，所以他連如何解讀的方法都沒留下。

然而父親不知道，他們當時因為十個經卷不好攜帶，所以分成了兩半，且又匆匆抄在了書頁之上，十九個字便被分成了好幾行，更沒有按照他的原樣一行行排列來讀，所以直到今日才知道，原來這是要隔頁讀的一封信。第一頁的第一字，接著第二頁的第一字，再接著第三頁的第一字……這樣一個接一個讀下去才是正確的。

而如今她將一切都按照父親留下的方式抄好後，十行字合併在一起，她終於讀出了父親當年藏在經卷之後的所有字句。

彝冒死謹稟，昔日易貴妃欲求臣詩文集，臣接後局之命，晝夜抄錄終成詩冊，進獻貴妃。然進奉之後，臣因未落款識，又於次日索回拆改，發現書頁處暗藏瑞腦草。臣以為此物乃用書頁防蛀，應為後局所為，便不曾疑心。誰料貴妃半月而薨，臣又聞皇后賜五香拈痛散於貴妃，其中有乳香木香，與瑞腦草相合為毒，十五日必亡。臣知其中必有幕後真凶，然迅疾被貶，可知背後勢力之可怖。臣縱捨微軀，亦不捨家族百人，惟留陳情狀於此，天可憐見，或能撥雲見日，臣縱死無憾。

是當年的皇后，如今的太后。

那個所謂的瑞，並不是瑞王。

她和尚訓都想錯了。其實全文中並未出現「王」字，只是他們都早已對瑞王尚誡有成見，也順理成章認為他會因為自己的幼年不幸而遷怒他人，甚至因為憤恨母親遭受易貴妃的不公待遇而對易貴妃下手也不奇怪，所以才會將他與太后同列為嫌疑，妄加揣測。

而現在想來，當時正是先皇要改立皇后的要緊時刻，在整個宮中，最想要下手除掉易貴妃的，自然就是皇后。她是唯一一個得利的人，只是因為她做事滴水不漏，才沒有引起別人的懷疑。

而如今，她父親的密書終於將太后的陰謀揭露。太后當年送五香拈痛散給易貴妃，那藥確實沒有任何問題，可關鍵卻藏在了盛彝進獻的詩集之中。而且瑞腦草本就有防蛀的功能，所以父親悄悄取回詩集修訂時，雖然發現了也不以為意，卻在易貴妃死後才得知，二者疊加會成毒，易貴妃半月而亡，也正是這種毒所致。

盛顏呆坐半晌，心想，尚訓追尋了多年的謎底，終於揭開了，可他還能有機會知道嗎？

他如果知道了，又會如何處置太后呢？他會放過太后，讓她在西華宮中頤養天年，終此一生嗎？

然而宮中人的命運，不就是這樣嗎？無論是尚誡那淒涼死去的母親，還是尚訓恩寵極致的母親，抑或是尊貴無匹的太后，最終所有人的結局，都是埋葬在這個宮廷之中。

盛德妃，也是如此。

她抬起手按住眼睛，讓還未來得及落下的眼淚消失在眼眶之中。她慢慢將手中的紙折成方勝，塞入袖中，起身走了出去。

她穿過重重宮門，越過長長宮牆，來到尚訓所在的清寧宮。

他還陷在昏迷之中，無聲無息。

他多好，一個人靜靜地睡著，什麼都不用管。有時候，他也會動一下手指，有時候全身抽搐，那是殘毒還沒有徹底解開，讓他痛苦——但這痛苦，其實他也應該記不住的吧。有時他喃喃發出一點囈語，可是他的神智，始終沒有清醒過來。

她接過宮女們手中的藥湯，小心地給尚訓餵下去。看著他無意識地吞嚥著，一點一點喝下湯水，她疲憊的神情中，終於露出一點苦澀笑意來。

她凝視著他，低聲問：「你什麼時候才能醒來呢？」

大殿內一片死寂，尚訓在她的面前，靜靜地呼吸著，沉睡。

她一生中最美好的時刻，就是與他在一起的時候，春日雪也似的梧桐，夏日無聲墜落的女貞花；當然，她最艱難的時刻，也是拜他所賜，秋日融化成水的冰霜，冬日雪光映梅花，緋紅一片……

如今大廈將傾，她無能為力，朝廷束手無策；而他，居然撒手在這裡沉睡，什麼都不管。

該叫人羨慕他，還是責怪他呢？

她握著他的手，低聲說：「不過，也許你不醒來，還是件好事……不然的話，我不知道瑞王會怎麼對你，不知道你會承受什麼……」

「德妃娘娘，妳誤會我了。」背後有人，嘲譏的聲音淡淡響起。

盛顏不用回頭，便知道是誰來了，她依然凝視著尚訓，沒有理會他。

他笑道：「如今皇上昏迷，太子年幼，朝廷實在沒法仰仗他人了，我只不過是在危急時刻挺身而出，準備代勞這江山社稷。妳說，我這麼辛苦，願意為天下百姓承擔這麼大的責任，是不是大公無私？」

盛顏默默放下尚訓的手，轉頭看他。「那麼……如果有一天，聖上醒過來了呢？」

他看著她，笑了出來。「妳以為我會像你們一樣，言笑晏晏之間插別人一刀嗎？不，盛德妃，我自認還不需要這樣的手段。」

他走近他們，抬手捏住盛顏的下巴，強迫她抬起頭看自己。「我寬宏大量，連妳都能原諒了，難道還會為難我的親兄弟？」

盛顏垂下眼皮，睫毛微顫，卻始終不開口。

他笑了出來，說：「當年我弟弟未登基之時，受封祥王。這個名號不錯，依然可以繼續用下去。」

盛顏低聲說：「多謝瑞王爺……不，多謝皇上寬宏大量。」

「但我想，他醒過來的可能性，不太大吧。」

盛顏也知道他絕不會允許尚訓醒來的，所謂的祥王，也不過是他隨便說說而已。

她沉默著，良久，才問：「王爺入主朝廷後，後宮的皇后、元妃等人，不知會如何處置？」

「歷來的慣例，頂多去冷宮或者出家而已。」

「自我離開後，雲澄宮一直無人居住，不如請將她們移到那邊去，至少比寺廟清修好。」盛顏說道。

「看來德妃很喜歡雲澄宮。」他似笑非笑看著她，不知是想起了什麼。「妳現在是否後悔了？當初妳在雲澄宮要是答應跟我走的話，我想今日妳應該會開心如意。」

盛顏垂首說道：「對，那時曾有人許我一世繁華，終身幸福……可惜我冥頑不靈，偏偏錯過了好意。」

「如果，我再給妳一次機會呢？」他問。

盛顏不由得笑了出來。真令人感動，她是差點殺死他的凶手，他是殺害她母親的凶手，可兩人現在居然在昏迷不醒的她丈夫的身邊，溫情脈脈，討論著重新開始的機會。

她笑著，仰頭看他，一字一頓地說：「如果可以重來，去年春天，桃花盛開的時候，我寧願淋著那一場大雨回家，也不會再去那座花神廟。」

尚誠的臉色，驟然沉下來。

「因為，有些事情，沒發生比發生好。」

看著她一句話抹殺掉他們之間的一切，尚誠也唯有冷笑，說道：「這怎麼可以，我們是不能不遇見的。那一次我去京郊，就是為了與妳邂逅，就算妳躲在天涯海角，我們也總會有那場相遇的。」

他說著，低下頭用那雙鋒利的眼睛盯著她，又說：「而且，要不是妳，我怎麼會下定決心從自己安然自得的生活中拔足，去奪取屬於自己的東西？」

「別拿我做藉口！」盛顏尖銳地說道。「就算沒有我，你也終究不可能久居人下，無論如何都不會放過你弟弟的，不是嗎？」

尚誠聽著她的話，轉臉看了一眼尚訓。他平靜地躺在那裡，如同嬰兒沉睡，如此安詳美好。

他伸手，按在尚訓的胸口，感覺到胸膛下微微傳來的跳動聲。

「要不就死掉，要不就活著，這樣半死不活的，讓妳一個女人來承擔一切，真是沒用。」他慢悠悠地說：「德妃，不如我幫妳解決麻煩，讓妳從此解脫出來，了無牽掛吧。」

盛顏的心猛地一跳，她撲上去將他的手一把打開，警覺地擋在尚訓的面前：「你想要幹什麼？」

「我覺得他死了比活著好。」他冷冷地掃了她一眼。「妳別忘記了他以前是如何對待我的，所以就算他以後醒來了，我也不見得會讓他有什麼好日子過。」

「那都是我的主意！」盛顏急促地叫了出來。「計畫是我策劃的，埋伏的兵馬是我指定地點的，就連那凶器……也是我準備的！」

尚誡不說話，他將手按在自己的肩膀，那裡的傷口已經痊癒，卻留下了猙獰的疤痕。

他瞪著她，額角的青筋在微微跳動，良久，才擠出幾個字：「確實，全都是妳？」

盛顏彷彿沒看到他的神情，只是低頭凝視著尚訓，微微冷笑。「尚訓這個人，這麼軟弱，又一直依賴你，怎麼會下狠心對付你？」

「那妳又是為什麼？」

「因為我恨你！」盛顏像是失去理智一樣，大吼出來。「我已經有了自己的丈夫，有了安寧的生活，你卻偏偏要從中作梗，害得我一再被貶，所有安穩的人生毀於一旦！你說，我當時活得好好的，你為什麼還要來惹我？要是我不把你除掉，我和聖上以後的日子，怎麼幸福美滿？」

尚誡看著她狀若瘋狂的樣子，良久，怒極反笑。「看來我真是誤會妳了，盛德妃。」

盛顏瞪著他，呼吸急劇。這宣洩般的怒吼出了口後，看見他鋒刃般的目光，那腦門的狂熱退卻，身體不由自主地冰冷發抖。

「妳蛻變的速度讓我由衷地佩服。短短一年，妳就由一個山野間的小姑娘，迅速變成了適合在宮廷裡生存的女人。妳很清楚自己需要捨棄什麼，自己的阻礙是什麼，然後，即使是我這樣幾乎不可能掃除的障礙，妳也還是憑藉著自己的狠毒與決絕，成功了——幾乎成功了。短短一年，妳就由一個家道沒落的可憐女子，成了天下、朝廷、後宮第一人，我真的有點佩服妳了。」

她青紫的嘴唇微微顫抖，良久，她才說：「多謝王爺謬讚。」

「那麼，德妃現在考慮好自己以後的路了嗎？」他冷冷地問。
盛顏低頭看著尚訓，低聲說：「我想我可能已經沒有以後了吧。」
「說得也是。」他笑道，從身邊拿出一份奏摺，交給她。「這是我特意帶給妳的，妳看看吧，文采飛揚，寫得十分不錯。」
是一份聯名上書，要求除掉亂黨餘孽盛德妃。
當初將她推舉上來的那群人，現在將她作為首惡推出去。名正言順，駕輕就熟，顯然早已籌劃得圓滿無比。
盛顏看完了，慢慢呈還給他，聲音僵硬，卻還平靜：「確實不錯，字好，文辭也好。」
他看著她，卻微微笑起來，問：「妳喜歡白綾還是鴆酒？」
盛顏想了一想，彷彿是不關她的事一般，平淡地說：「我以前曾經看過母親織布，知道三尺白綾要費女子一宿辛勤，不忍讓她將辛勞白白用在我的身上。所以還是請賜我毒酒讓我上路吧。」
她仰頭望著他，她早已經做好必死打算，眼神平靜無波。
尚誡看著她過分平靜的眼神，微微皺眉，說：「好，這可是妳自己選的。」

他轉身出去，低聲吩咐外面的白晝去了。

盛顏一個人坐在殿內，守著呼吸輕細的尚訓，將自己的臉輕輕地貼在他的臉頰上。

最後這判決到來了，心頭的石頭也落了地。

只要一夜，這些星星啊，月亮啊，就全都看不到了。那些笛聲啊，歌曲啊，也全都聽不到了。再過幾天，就是滿城桃花盛開的時候了，可是她已經再也沒辦法看到了。

因為，桃花盛開的時候，她正在墳墓之下，冰冷地躺在泥土中，慢慢腐爛。

「尚訓，我們永別了……」

死亡，永別，這樣可怕。

母親曾經在父親的病床前握著她的手，說，阿顏，我們好好活下去。

可是，她已經沒有辦法再活下去了。

她突然哭起來，哭得那麼急促，像個小孩子一樣。

外面，白晝捧著一個小盒子，走了進來。她坐在尚訓的身邊，沒有站起來，只是伸手接過那個東西。

是一個沉香奩，用螺鈿嵌出精細的寶相花，花心含著寶石，精緻無比。

她的身體微微顫抖起來，雖然她早已一再想過死亡，雖然有時候絕望到想要和尚訓一樣沉睡，可是等到死亡真的來臨的時候，她真沒有辦法波瀾不驚。

等到白晝離開，殿內只剩下她和尚誡、尚訓三個人，細細的風從門窗間漏進來，在大殿內，風聲格外悠長。

「盛德妃，妳還有什麼話要對我說嗎？」尚誡冷淡地問她。

她捧著那個匣子，低聲說：「我死後，求你將雕菰許給鐵霏，他們兩人情意相投，應該成全。」

「可以。」他說。「除此之外呢？」

「雲澄宮的人……不要為難。」她說。

他皺起眉，略一點頭，看著她，似乎希望她說出什麼來。

她卻已經無話可說，沉默地看著盒子良久，深吸一口氣，將那個沉香盒的蓋子一把打開。

襯在裡面碧綠色綢緞上的，是一個天青色的琉璃瓶，在宮燈下光輝燦爛。

鴆酒。

可這鴆酒，卻散發出濃郁的香氣。即使瓶蓋緊緊地塞著，盛顏也依然聞到逃逸出來的那一縷香氣，彷彿無數桃花在陽光下的呼吸一樣。

這種香，分明就是沉澱了千萬桃花而製造出來的氣息。

她慢慢地將這瓶香水取出來，傾倒了一些在自己的手心裡，琥珀般微黃的色澤，香氣流轉，中人欲醉，轉眼就從手心滴落了。

他要殺死她，卻用的是一瓶桃花香水。

這香氣讓殿內的氣氛頓時迷離起來，不知今夕何夕。

盛顏愣怔地望著自己掌心那一點透明顏色，抬頭看尚誡。

他卻淡淡說道：「三千朵桃花才能煉出一滴這樣的香水，一滴香氣彌月不散，盛德妃，妳可知妳剛剛糟蹋了幾萬朵桃花。」

盛顏的手，不由自主地一傾，琥珀色的水全都灑落在青磚地上。

他從容地走到她身邊，俯身去聞她手心的香水，隨意地問：「怎麼妳珍惜白綾，卻不珍惜這些花？」

她掌心的香氣異常濃烈，卻並不讓人暈眩，剎那間彷彿有形的雲霧一般，團團將他們捲裹起來。

感覺到他的氣息噴在自己的手腕上，她全身微微顫抖，沉在馥郁的香氣中，死亡的恐懼與混亂的思緒交織，一片茫然。

尚誠盯著她良久，才伸手去抬起她的臉龐，盯著她說：「妳自己這麼怕死，卻一次又一次地妄想置我於死地。」

盛顏咬住下唇，幾乎咬出血來，卻再不說話。

「在妳面前，我真是吃虧。」他淡淡地說：「妳有極大的優勢，因為我愛妳，而妳卻並不愛我。」

夜已深了，風吹得很急，殿內寂靜無聲。

在沉寂中，尚誠端詳著她，那目光中帶著強烈的血腥與占有欲，緩緩地問：「可我，還捨不得讓妳死，怎麼辦？」

彷彿被刺中要害，她的心猛地一跳，手指抓緊了自己的裙子。她衣裳顏色素淡，是極淺的粉色，裙裾十二幅，不用滾邊，只在裙幅下邊一、兩寸部位綴以白色的刺繡小花作為壓腳，越發顯得她清瘦柔弱。在宮燈的輝煌照射下，全身都蒙著淡淡晶瑩光芒，無比動人。

這種花紋，令人記憶猶新。

去年中秋，隔著錦簾，他正是由這裙角的花紋，認出了她。

他隔著薄薄一層簾子，曾經握住了她的手。

尚誡慢慢半跪下來，拾起她的裙角，仔細地看著裙腳勻壓的花紋，良久，他低聲說：「折枝梅，尚訓喜歡這樣精細轉折的花樣。」

他神情冷淡，雙手抓住她的裙幅下襬，用力一撕，只聽得尖厲的「哧」一聲，她的外衫生生裂成兩半，落到地上。

盛顏還來不及驚呼，他已經站起來，俯頭去看她的白色中衣。那白色的衣服上有絲線橫豎挑成的暗花，是纏枝的菱花。

「纏枝菱花，尚訓喜歡的花紋……真叫人厭惡。」他在她耳邊輕聲說，盛顏還來不及抓緊自己，他已經再度將她的衣服撕掉。

她身上一涼，已經不著片縷地站在這殿內。

雖然殿內有地龍，但畢竟是初春天氣，風呼呼地颳進來，讓她覺得寒冷至極。

看著她瑟瑟發抖的樣子，尚誡伸手抱住她。

她全身赤裸地站在那裡，被他抱在懷裡，絕望與悲涼讓她忍不住眼淚簌簌落下。

他伸手去撫摸她的臉頰，卻順著她臉頰的曲線滑過，將自己的手指插入了她的髮間。他摸到她頭上的簪子，那是一支琉璃牡丹簪，金絲絞成牡丹蕊，淡紫琉璃捲成牡丹花瓣，片片透明，再用鎏金銅絲將這些花瓣攢成一朵濃豔的琉璃牡丹。她身體微微顫抖時，牡丹的花瓣便隨之輕輕晃動，燈光下光澤流轉，瑩光璀璨。

這是當年易貴妃最喜歡的飾物，在尚訓擇妃的時候，他親手給她戴在頭上，對所有人宣布了自己對她的喜愛。

尚誡將那支牡丹簪拔下丟到地上，琉璃薄脆，當即粉碎成一地細碎晶瑩。她一頭長髮失了約束，如水般流瀉而下，披了全身。

就像第一次見面的時候，她鬢邊的桃花被瞬間刺中，滿頭的黑髮傾瀉而下，站在傾盆大雨中，單薄而嬌弱，蒼白無力。

尚誡的手順著她頭髮往下滑去，低聲說：「我說過我要娶妳的……即使妳一再要殺我，即使妳費盡心機要置我於死地——但，我會給妳機會，允許妳恢復成當初那個不懂世事的女子……我相信妳這麼聰明，不會讓我失望。」

他聲音模糊，恍若囈語。盛顏聽在耳中，只覺得腦中一片空白。她緊閉著眼，眼前便全是黑暗，她只聞到自己身邊的香氣，三千朵桃花最後只煉得一滴香水，一滴香氣終夜不散。

他緩慢地親吻她耳畔肌膚，喘息曖昧，囈語模糊：「妳進宮後，我……在桐蔭宮看見妳和尚訓……屏風後的燭火明亮刺眼……明明已經答應嫁給我的人，卻委身於他……那時我才終於開始恨尚訓，什麼都不是我的……他輕而易舉就奪取了我的一切……」

盛顏覺得自己胸口抽搐，無數溫熱黏稠的血在心臟裡堵塞著。

他不愛她，他不過是因為不甘心自己的東西被人搶走。他哪裡是真正愛她。

這個世界上，常常都是在愛的名義下，做自己想做的事情。

她帶著滿面的淚痕，絕望地企圖反抗他，可是她怎麼能是尚誡的對手。在嗚咽聲中，她徒勞的雙手被他扼住，壓制在旁邊的榻上，錦緞的被褥在她的身下被壓出萬千褶皺，那凌亂錦緞上的，是她纖細白皙的身體，暗夜中，宮燈下，肌膚有如緞子一般，帶著暗淡的光澤。

她終於絕望，痛哭失聲：「不要……不要在這裡，尚訓他……」

「他不會醒來的，不過……要是他能醒來就好了。」他將臉伏下來，一瞬不瞬地盯著她。「讓他也嘗到，我當時的恨。」

他眼中血腥的怨恨，讓盛顏胸口痛到幾乎痙攣。

「妳本來就應該是我的，我說過要娶妳，妳說過會等我……雖然如今情況有點不一樣，但是盛顏，縱然妳冷酷無情，千方百計想要幹掉我，可我對妳，不知道為什麼，還是有一些幻想……」他吻遍盛顏全身，桃花的香氣蒸騰，幾乎要將人熏醉。

盛顏徒勞地掙扎著，她如今已經到了絕境，再沒有辦法逃避，唯有緊緊閉上眼睛，被迫與他肢體交纏。

尚訓說，這宮裡的花，若是不會開花的，怎麼會容忍它活下去。

去年春天，她被尚訓留在宮中，當時認命的絕望心情，與現在居然是一模一樣的。

母親說，阿顏，我們好好活下去。

她在這樣濃郁的香氣中，因為身體的劇痛而痛哭失聲，顫抖不已。

他不敢置信，動作略停了一停。

她入宮這麼久，還被冊立為德妃，卻沒想到，至今依然未經人事。

她透過模糊的淚眼，眼見壓制自己的這個人，目光灼灼地盯著她。他眼中有無數的東西依稀浮現，裡面有震驚，有愧疚，但就是沒有停息的意思。

她咬緊下脣，把所有聲息都湮沒在自己的喉口。

抬起手，捂住自己的雙眼，遮住自己面前所有的一切。

只在閉上眼睛之前，她看見外面月色圓滿，竟是無比美麗的一天清輝。所以即使死盡了春天的花朵，也並無人可惜。

直到情慾平定，尚誠伸手將她抱在自己的胸口，聽著她微弱的喘息，恍然間沉迷在這種纏綿繾綣中。

世間萬物什麼也沒有剩下，只想就這樣在她身邊直到死去，兩個人化灰化煙，依然還是糾纏在一起。

外面的風聲劇烈，而殿內卻是平靜溫暖。

他看到她安靜地伏在自己的身邊，宮燈下身體有著黯淡的光彩。他慢慢伸手去撫摸她的臉頰，與她相依在一起。

剛剛的繾綣還在四肢百骸遊走，淡淡的疲倦，讓他什麼也不想做，只是伸手去，將她抱緊在自己懷中。

風聲驟亂，暗夜彷彿沒有盡頭。

在殿內的一片死寂中，他忽然開口，在她的耳邊，輕輕地問：「為什麼？」

為什麼？

因為你橫亙在我們中間，彷彿一個永遠揮之不去的惡夢，所以我們始終沒有辦法越過這條界線。

但這樣的話，卻無法宣之於口。盛顏只死死咬著下唇，一言不發。

她不開口，他也不以為意。他已經得到她，以後人生漫漫，會有很多很多的時間讓他們把所有事情都說開來。

所以他只執著她的手，漫不經心地一根一根玩弄著，問：「阿顏，妳還記得，我們第一次見面的時候，在廟裡求的籤嗎？」

盛顏閉著眼，沉默不語，彷彿沒有聽見他的話。

他聲音略帶沙啞，低低在她耳畔響著：「願為雙鴻鵠，振翅起高飛；杏花疏影裡，吹笛到天明……阿顏，只要忘了不需要記得的事，妳我此生，註定幸福美滿。」

盛顏收緊十指，抓著自己臉頰邊的錦被，死死地咬住下唇，唯有眼中的淚，撲簌簌地又跌落下來。

她閉著眼，如在夢中，恍惚想起去年的春日圓月，梧桐花下，高軒華堂，燭火搖曳。

那一日她與尚訓的相遇，註定了她和此時的身邊人，已經無緣。

如果那個時候，沒有命運錯亂；如果現在，她還能回到去年春日，是不是，她如今就可以順理成章沉浸在瑞王的懷中，相依相伴，如同鴻鵠，杏花疏影，美滿無限？

「我會將尚訓移到王府中，不會殺他的……等我登基後，宮裡必定會有一次換血，所有見過妳的人都不會再在妳面前出現，也沒有人會知道妳是誰，我們一世長伴，共有天下。」他伸手緊擁她在懷，在她的肩上，輕輕吻過，細緻輾轉。「阿顏，我會既往不咎，原諒妳所有錯誤。只要妳安心留在我身邊，我許妳一世錦繡繁華，而我承諾妳……就算妳不愛我也好，至死，我不會愛別人比妳更多。」

他如今是天下之主，說出這樣的話來，簡直可以算是卑躬屈膝，近乎哀求。可盛顏聽著他的溫柔話語，心中卻只有一片冰涼。

在他強行索要了她之後，居然還能說出這樣的話。這樣的溫存，在這樣的痛苦之後，讓她心裡生出無法言說的怨毒來。

窗外明月初升，草芽剛剛長出茸茸的一片，在月光下銀光平鋪，有幾隻春蟲早早地已經叫起來了。

尚訓在外面，依然是平靜無聲。這樣也好，至少他不用承受，和她一樣的痛苦。

如果上天給她一點機會……哪怕是一點點，她也一定要緊緊抓住，讓他期待的這一切，全都變成夢幻泡影。

上天，若祢真會開眼，請祢讓瑞王在我手上死去。

她在心裡把這句話暗暗重複了不知道多少次，因這種怨毒與悲哀，她再也忍耐不住，全身顫抖，淚流滿面。

皇帝一直中毒昏迷，太子年幼無法親自處理政事，瑞王尚誡自然帶兵進駐京城。

不到半個月，朝廷裡的人已經按捺不住，多人聯名上書請瑞王登基。瑞王照例推辭，直到群臣聚集在宮門前請願，他才接受。

按照瑞王率軍進京時的協議，瑞王進駐皇宮接管一切政務，朝廷基本格局保持不變。瑞王軍平定南方戰亂之後，瑞王登基為帝。

「所以，我剛剛和君中書、兵部、戶部已經商議過，不日我將率朝廷大軍南下。為了讓朝廷安心，我會讓君防衛做我的後防。希望朝廷也能讓我這次安心一點，尤其是糧草補給，雖然我會派信得過的人駐守京城，接管朝廷，但是我想，還是妳幫我看著一點比較好。」

尚誡在即將出發之前，對盛顏說。

她低頭應了，沉默地看著自己手上的奏摺。

瑞王便也不再多說，轉頭看鐵霏，說：「最近京城動盪，你要小心一點，好好照看德妃，千萬不能出任何問題。」

「是。」鐵霏自然知道他話中的意思。

對於這個寸步不離監視自己的人，盛顏像是已經習慣了，恍若不知，只問瑞王：「王爺什麼時候出發？」

「京城兵馬鬆散，要把這些大軍規整，也是一大難題，慢慢再說吧。」瑞王似乎並不急。在自己的前鋒追擊項雲寰南下之後半個月，他依然滯留京中沒有動身，而且也絲毫沒有著急的意思，每日不過去巡視校場、督促軍隊將領而已，晚上卻常宿宮中，盛顏並無任何拒絕的辦法。

朝中換將頻繁，宮中動盪不安，現在是非常時期，就算眾人對瑞王出入宮禁有所疑惑，卻也沒人敢說什麼，一切竟順理成章了。

行仁依然過著傀儡太子的日子，君蘭桎雖然是中書令，但是權力已被架空，各部的長官也全都被瑞王派的人換下，尤其是京城的防衛軍和御林軍，君容與既然將去南方，接替他的人自然是瑞王的得力手下。

「妳不喜歡我多陪在妳身邊嗎？」他在她身邊坐下，明知故問，瞇起眼探究她。

盛顏不敢回答，只能轉頭去看外面。已經是三月，整個世界彷彿迅速復甦了，繁花雜亂，草長鶯飛。

見她避開自己目光，尚誡微微皺眉，但依然還是說：「前日接到消息，項雲寰已經回到宜州，目前劉開成已經在那邊駐軍，江南局勢複雜，戰線頗長，我三日後就要開拔部隊前去，恐怕一時回不來。」

知道他三日後就要出發，盛顏不由得心中落下一塊石頭來，點頭說：「我知道了，一切保重。」

她言語敷衍，他當然感覺得到，但也只是冷笑著，說：「盛顏，別做無謂的掙扎，妳沒有更好的出路，還是早點接受比較好。」

盛顏慢慢地說：「不，我只是想，這一次別後，我們應該就能長伴了吧。」「那就好。」他明知她不是真心，卻還是笑出來，說：「京城今年桃花也開得不錯，明日我們去城郊看看如何？」

盛顏微微一怔，還沒想到如何推辭，他已經問：「難道妳在宮中還有什麼事情嗎？」

她如今確實是無事可做的，尤其是連行仁都已經不必管教，因為瑞王給他找了嚴厲的新太傅，他也知道今時不比往日了，收斂了不少。

所以，她也只能點頭說：「好。」

尚誡離開後，盛顏默然無語，一個人在殿內徘徊許久。

鐵霏跟在她身後，默然看她，然後突然打破他一貫的沉默，說：「德妃娘娘，妳已經走到這一步，不如聽天由命。」

盛顏沒有理會他，他也就一直站在她身後，不再說話。

過了良久，她才像是找到了自己想去的地方，向著桐蔭宮走去。

雖然已經有半年多無人住了，但那些高軒廣屋依然乾淨清朗。殿基周圍遍植的高大梧桐開得正盛，一串串淡紫色的梧桐花怒放在柔軟的枝頭，壓得樹枝倒垂，就像白色與紫色的帳幔遮天蔽日地蒙蓋下來，遮得迴廊一片昏暗。

盛顏在迴廊上抬頭看著重重低垂的花枝，默然想起去年此時，桐花開得最好的時候，她與尚訓相遇，他在這花朵低垂的廊下，親吻了她。

那個時候她曾對他說，已經有喜歡的人，但是他卻依然還是將她留在他的身邊。到後來他發現她喜歡的人原來是自己的哥哥時，不知他是怎麼樣的心情？

這座宮殿的由來，是因為周成王與他兄弟小時候的棠棣之情。可誰知道，皇家的兄弟，等到有利益之爭的時候，到底會演變成如何局面。

她獨立廊下，靜靜地看著一庭花開，彷彿看到繁華落盡，自己瞬間年華老去。

她走到裡面去，一殿空蕩，她的腳步聲迴響在殿內，無比清晰。尚訓已經被移到這裡，在他喜歡的地方，靜靜地安睡。

她在尚訓的身邊坐下，照常將他的手捧起，貼在自己的臉頰上，靜靜地發呆。

雕菰和鐵霏知道她的習慣，也知道她一坐會很久，所以兩人走到偏殿說體己話去了，只剩下她一個人，和尚訓坐在死寂的殿內。

「聖上……這人生，我以後該怎麼走下去呢？」

他的手，比她的臉頰溫度稍微低一點，有一些冰涼，慢慢地滲入她的肌膚。

「早知道如此，還不如，那天晚上我們都死去，以後這一切，就全都是他們的事情了……我們兩個，至少始終都乾淨地在一起，多好……」

結果到如今，她失身於人，他昏迷不醒。往後一切渺不可知，誰也不知道以後到底會怎麼樣，她到底有沒有辦法可以解決仇人？他到底有什麼辦法活過來？

竟已經是，他生未卜此生休。

她握著他的手，眼淚滴滴落下來。她絕望慟哭，彷彿一切都能發洩在眼淚中，然後把自己的過去和未來全都清洗掉，這樣她才能繼續活下去。

就在此時，貼在她臉頰上的手，微微動了一下。那隻手輕輕地轉過來，幫她把臉頰上的眼淚擦拭去。

她愣了一下，直到那隻手滑下她的臉頰，無力地落在被子上，她才像是明白過來，緊緊地抓住他的手，睜大自己滿是眼淚的眼睛，不敢置信地看著他。

他艱難地睜開眼睛，看著她，低低地叫她：「阿顏……」

她俯頭在他的肩上，急促地哭泣著，不知該如何是好。直到他的枕邊一片潮溼，她才聽到他艱難地，又擠出幾個字：「不要哭，阿顏……」

「你……你什麼時候醒的？」她怕鐵霏聽到，使勁地壓低聲音，哽咽模糊。

他的身體無力，只有雙臂能勉強抱住她。他的手輕輕地撫摸過她的頭髮，嗓音低啞，模糊不清地說：「那天……那天晚上……我聽到妳的……哭聲，才醒過來。」

那天晚上……

盛顏咬緊下唇，身體簌簌顫抖。

她不知道尚訓從暗黑中醒來，卻面臨著她被瑞王強行占有的情形，會是如何痛苦。

「我……那個時候，連手指都不能動一下……可是我，一個人躺在那裡發誓……」

發誓……他發的該是什麼誓？

他沒有說，她也不必問。

盛顏將自己的臉埋在他的肩上，無聲地流淚。

他們那時發的誓，應該是一樣的吧。

他們活下來的唯一目的，就是要讓瑞王尚誡，走向死亡。

他們靜靜相擁了片刻，盛顏才想起來，將袖中那張父親留下的密書拿給他。不需要多說什麼，尚訓看見那上面看了多遍的字排列在一起，已經知道了這是什麼。

他從頭看到尾，頓了頓，然後問：「是太后嗎？」

「是。」

他點了一下頭，沒再說什麼。

在沉默中，盛顏緊緊地擁抱著他，聽著他微弱的呼吸和心跳，咬住自己顫抖的下唇。

外面一片平靜。風吹過梧桐樹，那些嬌嫩的花朵互相簇擁著，挨挨擠擠地盛開，無聲無息，連掉落的時候，也沒有一點聲響。

他已經醒來，可整個世界恍如還在沉睡中，無人知曉。

第十四章

一聲杜宇春歸盡

覺古今一瞬，生死無常，唯想念至妳，才恍覺身在何處。

京城的桃花，開得和去年一樣好。

坐車出了朱雀門，往南郊而去，不多久就看見了逶迤綿延的桃花，一片粉紅色幾乎延伸到天邊去。春日的河水無比清澈，馬車沿河而行，眼前已到了花神廟。

花神廟旁那株芭蕉樹，今年分出了四、五株小芭蕉，一片綠意森森。

盛顏下了車，站在花神廟之前抬眼仰望。花神廟越顯頹敗了，每根梁柱都有種搖搖欲墜的感覺。

她一眼便看見了，緩緩在花神廟中踱步的瑞王，身後的陽光斜照過去，將她的影子重疊在瑞王的影子上。

她正低頭看著，瑞王尚誡已經走過來了。

他和去年一樣，依然還是淡天青色便服。五官深刻，微微抿著的脣角顯得他神情漠然，只有一雙眼眸深暗，這般深黑如淵的顏色，她若落在其中，怕是永遠也落不到底。

他看到她了，那深黑的眼睛裡，漸漸閃出一種溫柔的光芒來，是微笑的神情讓他的目光柔和起來。

盛顏默默抓緊了自己的衣襟，不知道為什麼，她覺得胸口浮起窒息的虛弱感，呼吸開始不暢。

瑞王走到她身邊，與她並肩而立，說：「妳看，就是這個地方，去年今日，我們相遇了。」

是的，這個地方。

當時羞怯地接著簷下雨水的女孩子，如今是朝廷的盛德妃。

當時笑著向她詢問籤文內容的男人，如今是她最怨恨的仇人。

同樣的地方，同樣兩個人，世事無常，居然這樣迥異。

人生如此，命運如此。

她緩緩地開口，說：「是啊，真快啊……只不過一年，世事全非了。」

春日的豔陽照在他們身上，兩個人不知不覺便一起走進這小廟裡。

盛顏雙手合十，在花神面前闔目祝禱了一會兒。瑞王站在旁邊看著她睫毛微微顫動，只覺得異常美麗，叫人心動。

等她站起來的時候，他忍不住笑問：「妳向她說什麼？」

她低頭淡淡地笑，說：「只不過是願她保佑尚訓早日醒來而已……也希望我娘的在天之靈，能看到我們。」

瑞王頓時面色一沉，說：「妳以後可以不必在我面前說這些。」

她想要反脣相譏，問他為什麼自己不能想念自己的丈夫和母親，但是看看他陰沉的臉色，還是咬了咬脣，將一切吞下去了。

他見她不出聲，面色又緩和了下來，竟伸手牽住她的手，低聲說：「前面人多嘈雜，我們到廟後看看，或許景致不錯也不一定。」

盛顏的手落在他的掌心，用力抽了一抽卻沒能縮回，無可奈何，只能跟著他轉過了廟的後門。

眼前是一小片空地，後面就是如半圓般的山了。這一小片空地被山和廟遮擋住，就像是天然的一個盤底，安靜無人。

湛藍的天空籠罩在他們的頭上，底下是開得燦爛的桃花。樹上的花正開到全盛，地下已經鋪了一層如胭脂般的落花。陽光中一切顏色明亮耀眼，鮮明的天藍、嬌豔的粉紅、柔嫩的碧綠交織在一起，濃烈的色彩燦爛得幾乎讓眼睛都受不住。

瑞王牽著她的手，走到落花裡去。兩人倚著樹坐下，陽光透過茂密的花朵，斑駁地照在他們的身上，微風吹過來的時候，光影就在他們身上流動，如同流水。

整個世界平靜已極，過去未來都沒有了蹤跡，人間只剩了這山前廟後小小一塊地方，色澤美麗，什麼前塵往事一概不剩。

春日溫暖，他們在樹下坐著，看著彼此，卻都不知道該說什麼才好。

過了良久，他才握起她的雙手，低聲說：「妳嫁給我吧。」

猶如晴天霹靂。去年的那一日，桃花中，他曾對她說過同樣的話；而如今，卻又對她這樣說。

她睜大雙眼，不敢置信地抬起頭看著他，嘴脣顫抖，卻良久說不出話來。

他伸手將她攬入懷中，貼在她耳邊問：「怎麼了？妳不願意？」

她顫聲道：「瑞王爺，我……沒聽說過弟弟的妃子可以再嫁給哥哥的。」

他卻無動於衷：「他如今與死了無異，還有誰敢反對嗎？」

「也許沒人敢反對，但我……不能嫁給你。」她用力推開他，堅決地說。

他看了看她，皺起眉：「盛顏，以前我曾向妳求親，妳也答應了。」

「那是以前，我們之間……如今發生過這麼多事，你能當作沒有發生過，但我不能！我永遠不能若無其事，當作一切沒發生過。」

「真是好笑。」他盯著她，開始有點惱火。「是誰對不起誰比較多？如今我願意選擇原諒妳，只願我們一切重來，回到當初——回到妳答應要與我成親的時候，就當這一年我們沒有經歷過，可怎麼現在倒是妳不肯原諒我？」

盛顏心口一陣冰涼瀰散，話語不由自主地尖銳起來：「我對不起你？瑞王爺，你害死我至親的人，卻還覺得是我虧欠你比較多？世界上有這樣的道理嗎？」

「尚訓的事，與我無關。」他厲聲道。

「瑞王爺手段高明，在我身邊安插什麼人都無人知曉，當然不會留下任何證據！」她終於語言尖銳。

「事到如今，局勢已經盡在我手中，如果是我做的，難道我還不敢承認？」

瑞王怒極，伸手將她重重按倒在地，俯下身盯著她。「我與他畢竟是兄弟，就算我真的要這個皇位，我自然有光明正大的手段，何至於像你們沒有軍權沒有勢力，只能用那麼陰毒的手段暗算對手！」

盛顏毫不畏懼地對上他的目光，反脣相譏：「反正真相已永遠無人知道，你也自有一百種理由來替自己辯護。」

「妳……」他氣得拂袖轉頭，也不願與她繼續爭執下去，只說道：「事實真相，等我從南方回來再幫妳查明吧，反正我必定會給妳一個交代。若查出來不是我做的，到時候妳是否留在我身邊，就不是妳自己願不願意的問題了。」

盛顏盯著自己頭上藍天，整個天穹猶如籠罩在她身上，壓得人喘不過氣。

他將她狠狠拉起來，見她在落花中氣息急促，臉色慘淡，如褪盡了顏色的花朵一樣。他心中明明充滿了怨怒，此時卻又升起莫名的憐惜來。

於是他緩緩搖頭，低聲說：「盛顏，妳別試探我容忍的底線。在妳之前，曾經觸怒過我的人，至今沒有好好活著的。」

她默不作聲，甩開他的手站立在他面前，嘴唇顫抖如風中即將凋零的花瓣，卻說不出話。

瑞王俯下頭，親吻了她，彷彿剛剛的爭吵根本沒有發生。

春日，豔陽，整個世界花開無盡。風吹過來的時候，小盤地中氣流迴旋，無數的落花就像片片胭脂直上天空，落到不知去向的地方。

瑞王離京那一天，滿朝文武一起出城送將士離開，鐵甲紅纓，黃塵漫天。

即使盛顏未能出去，她也可以在外宮城的城牆上看到兵馬揚起的塵土，遮蔽了小半個天空，浩浩蕩蕩一直向南遠去。

她站著看了許久。南方，溫暖的地方，那裡也應該到處都是桃花垂柳吧？

雕菰看她站在亂風中注視著南面，扶在城牆上的手微微顫抖，便低聲說：「德妃娘娘不必擔心，瑞王爺怎麼可能會有事呢，項雲寰不是他的對手。」

她微微點頭，說：「是啊，有什麼好擔心的……」

太陽升高了，晨霧漸漸褪去，四面疾風捲來，招惹得衣帶在風中獵獵作響。皇城內外一片紅粉青綠，整個人間都從沉睡中甦醒，唯有她全身冰寒，恍如還在嚴冬。

指甲把她的掌心刺得幾乎出血，盛顏站在城樓最高處，看那片煙塵漸漸遠去，那裡面有個人，曾對她說，妳嫁給我吧。

如今，你我要告別了，永遠。

因為，我們不能共存一個天地之間。

瑞王走後，日光之下並無新鮮事。宮中很多人都在議論雲澄宮，也有人向雕菰打聽盛顏和瑞王的事情，還有一個熱鬧話題是，等瑞王回來後，盛德妃將會被如何處置，畢竟她是曾經與先皇一起差點殺掉瑞王的人，可如今又是與瑞王在宮中傳出流言的人。

在佩服她手段的同時，大家也都猜測，她能不能順利地迷住瑞王，讓他忘記了以前的恩怨，保住自己的性命——而，竟然沒有一個人敢探詢真相。

前方的戰事令京城的百姓精神振奮，瑞王到南方後所向披靡，連下九城，戰況傳來，大街小巷歡聲雷動。很快時間又接近端午，京城熱鬧非凡，短暫地恢復了以前的景象，雄黃與艾葉的氣息瀰漫了整個京城。

宮裡自然也有應時的粽子，盛顏與君皇后吩咐御廚，正讓內侍送到大小官員府第分賜時，兵部有人進來，說：「瑞王爺有密信進呈盛德妃。」

盛顏以為是戰報，隨口說：「交付朝廷商議就好了。」

「瑞王爺在封口指名是給盛德妃的。」他說。

盛顏這才慢慢取過旁邊的絲絹擦了手，接過他手中的信。

君皇后不明所以，問：「之前瑞王不是讓妳幫他看著點朝廷的事嗎？或許是因為這件事？」

盛顏翻過封口看，果然封條貼得密實，註明進呈盛德妃。她拔下頭上金釵，劃開信封，翻看內容。

江南四月，陌上花開，如錦緞千里，迷人眼目。於戰後披血看落日殘陽，天地血紅，萬花消漸。覺古今一瞬，生死無常，唯想念至妳，才恍覺身在何處。信到時必已五月初，寄艾葉消邪。

一切俱佳，待秋日妳我重逢。

寥寥數語，並沒有任何題名落款，附寄上的艾葉也乾枯了，輕薄一片。

她翻來覆去地看，到最後也只看到唯一一點——秋日。

若無把握，他怎麼會這樣明確地點出。他是從不失信於人的。

盛顏微微笑了起來，將那信緊緊攥在手中。

秋日，真是好時節。

朝廷問斬犯人，從來都在秋後。

盛顏從君皇后那裡告辭，帶著鐵霏去兵部詢問江南事宜。

君皇后送她到宮門口，頗有點擔心地說：「幫我給大哥捎個信，雖然知道他一定很忙碌，但也望他抽空報個平安。」

盛顏便說道：「有什麼東西帶一件給他吧，不過他是後防，應該是不會上前線的，不必擔心。」

君容緋點頭，轉身揀了個端午的香囊給她，說：「今日端午，就拿這個給他避邪吧。」

盛顏接過來，苦笑道：「恐怕到的時候，五月都已經過去了。」

君容緋猶豫道：「那讓我再想想……」

「不必了，這個就好了。」她拿在手裡，告辭了出去，回自己的殿內換了衣服，對鐵霏說：「跟我去兵部一趟吧。」

如今兵部的尚書孫治方是瑞王一手提拔上來的，對於這個曾經謀害瑞王、如今又牝雞司晨的盛德妃雖然表面維持禮節，但骨子裡卻是不屑的。

盛顏也只當自己沒看見，詢問了戰況之後，又問：「江南溼熱，軍隊是否會有疫病流傳？」

孫治方說道：「已經從各地調撥了軍醫過去，何況瑞王也收編了江南部分軍隊，對於當地的氣候已經有辦法抵禦，一切都不勞盛德妃掛念。」

「這就好了。」盛顏說道，一邊拿出君容緋那個香囊，交給他說：「這東西是皇后吩咐要交給她大哥的，不可遺漏了。」

孫治方接過，抬眼看了一下鐵霏，見他微一點頭，便取了一個厚實的信封裝了，貼條封好，說：「德妃請放心，和公文一起，半個月之後也就到了。」

盛顏抬頭看看，已經日中，便起身回去。

剛回到宮中，就見工部和禮部的人在等著。她剛想詢問來意，馬上就看到了他們手中的工程圖。

群山中的雙闕，望道後是寢殿，松柏蒼蒼。

她站在那裡，一動也不動地在端午的熏香之中，緩緩按住胸口。

工部尚書看她臉色蒼白，只能小心翼翼地說：「啟稟德妃，聖上已經昏迷數月，眼看……近日瑞王也來信問起，所以我們做臣子的，就先擬了山陵的形制……」

他還沒有死，可是他們都已經在準備他的墳墓了。

看來，尚誠是不準備讓他醒來的。

盛顏伸手扶住身後的欄杆，竭力讓自己眼前的黑霧過去，良久才說：「工部和內局各找幾個人前去就可以……我，就不看了。」

「是，臣等告退。」見她情況不好，他們趕緊告退。

「記得……」盛顏又吩咐：「一定要盡快，最好……在秋天之前，就能完工。」

「是。」

盛顏孤身回到殿內，吩咐後局將參湯和米粥等送上，將昏迷中的尚訓扶起，墊了枕頭在他身下，輕輕地幫他按摩身體。

雕菰和鐵霏在旁邊看著，聽到她輕輕地對尚訓說：「今天，朝廷按照瑞王的吩咐，給你建山陵了……他看來，真的很不希望你醒來呢。」

一切都無聲無息，無意識的尚訓，連睫毛都沒有顫動一下。

裝著艾草的香囊，在半個月後才到達江南。拆開封印完好的信封，君容與拿出端午的香囊看了看，好笑地問：「是皇后吩咐給我的嗎？」

信使也覺得有點小題大做了，他笑道：「正是，皇后委託盛德妃帶出宮轉交給兵部的。不過如今端午都過去半個月了，已經用不著了吧。」

君容與點頭，說：「還是感謝小哥辛苦。」

他回轉自己的屋中。江南已經十分悶熱，嶺南這一帶尤其厲害，等天色稍微晚一點，毒蟲就在沼澤中滋生，黑壓壓一片襲來。幸好他負責善後的這幾座城池還算平靜，城中百姓雖然遠離京城，但是對於項雲寰也沒什麼附屬意思，不至於有什麼再起動亂的擔憂。

他將香囊帶回自己臨時設在縣衙的辦公處，隨意丟在了桌面上，等到快要回住處的時候，才馬馬虎虎收了回來，塞在袖子裡帶了回去。

吃過晚餐，洗完澡，他準備上床安歇的時候，才將那個香囊拿了起來，放在鼻子下細細地聞了一會兒，按捏著，良久，終於將它拆開了。找了半天，才終於尋到裡面的一個小紙卷。

展開小紙卷，裡面是潦草的幾個小字——「京城部署無誤，項雲寰死後可動手。」

他將紙條在燭火上燒了，又將灰燼碾碎吹散，起身去洗了手，面色如常。

盛夏將盡，正是整個天下最熱的時候。

「這麼熱，怎麼得了啊……」京城防衛司統領李堯，從衙門回來的時候，騎馬經過小巷，抬頭看了看天色，嘆氣。

已經是暮色沉沉的時刻，可是暑氣依然未消，整個京城似乎都籠罩在一片蒸騰的熱氣中。

他的副手劉遠志，在他的身邊說：「據說南方更燠熱，不知道前方的將士現在情況如何？」

「有瑞王爺在，我們需要擔心什麼？只等他凱旋，改朝換天了。」李堯笑道。

「說得也是。」劉遠志笑道，一邊忽然轉頭，看著巷子的另一邊，驚訝地問：「咦，那是什麼？」

李堯下意識地一轉頭，剛想看看那邊有什麼，卻只覺得脖子一涼，一道寒刃從他的脖子上劃過，灼熱的血頓時噴濺出來，他一聲不吭地從馬上倒了下去。

身後跟隨的人頓時大譁，齊齊抽出隨身佩刀。「劉遠志，你居然敢殺頂頭上司？」

劉遠志冷笑道：「我是奉聖上諭旨，誅殺京城內逆賊瑞王的心腹。」

「聖上……聖上不是昏迷半年了嗎？」

「聖上已經醒來，如今正是肅清乾坤，重振社稷的時刻了！」劉遠志說著，回頭看見京城中亂聲漸起，四處的守衛，如雲集回應。御林軍中的動亂，也開始了。

以京城防衛司的副使劉遠志伏擊頂頭上司李堯開始，京城變動。君蘭桎一派人控制了京城防衛司近兩萬兵馬，與瑞王新近提攜上來的御林軍都統展開混戰。京城之內巷戰械鬥，人人自危，白日閉戶。

盛顏與尚訓在垂諮殿中等待著消息，兩個人一夜不眠，互相緊握著對方的手。

若能成功，他們將一起血洗仇恨，共用這天下。

若是失敗，他們將一起死去，下場悽慘。

京城動亂的第二天下午，防衛司的人開城門迎御林軍的舊統領入城，新統領被斬殺於御林軍校場門口，京城兵權才回歸到皇帝手中。

大清洗立即開始，瑞王派的人馬損傷嚴重，雖然倉促逃掉幾個，但京城與身在南方的瑞王路程遙遠，一時之間瑞王自然不能回救。尚訓下令從周圍州府調集軍馬，匯聚京城，各州府雖然不知道發生了什麼事，但朝廷有令，還是不得不從，一時間雖然有些嘀咕，有些推諉，但是在兵符的調轉下，依然還是率兵馬往京城而來。

「預計十日之內，京城兵力就可達到五萬以上，而瑞王要接到京城的變動再領兵回轉，至少要二十天，到時候我們足以與瑞王軍一戰。」劉遠志意氣滿滿地向他們稟報說。

君蘭桎也很得意。「容與今晨飛鴿來報，二十四日瑞王大破項雲寰，當晚他趁瑞王軍慶祝時，率軍伏擊瑞王右翼軍成功，斬殺大將李宗偉。朝廷接管的城池已緊閉城門，不納瑞王軍，他如今無城可據，糧草困乏，相信也難以北上了。」

聽起來，局勢一片大好，尚訓總算鬆了口氣。他雖然已經醒來一段時間，但是畢竟還未調理好，此時疲憊地靠在椅上，長長出了一口氣。

盛顏瞥了站在自己身後的鐵霏一眼，又問：「以你們看來，瑞王此次，還能不能有什麼機會？」

原兵部侍郎，如今已順理成章接替了身首異處的兵部尚書的張鎵轅立即說道：「以臣之見，逆賊近期已經空乏，短時間內絕不可能恢復元氣。如今他們受困南方，與項雲寰的戰事折損了不少將領，雙方互相殘殺，朝廷漁翁得利，真是皇上和中書大人安排的妙計啊！再者，朝廷也將附近的城池接管了，瑞王堅壁清野，糧草也一直都是朝廷運送，他根本沒有自己的輜重補充，可以說這次他是絕無反撲朝廷的希望了。」

鐵霏站在盛顏身後，彷彿沒聽到一般，臉上依然毫無表情。

君蘭桎又說道：「瑞王軍必定會北上，朝廷已經派了祁志高前去堵截，聖上可信得過他嗎？」

「祁志高是以前攝政王的屬下，相信君中書比我更瞭解。」尚訓有點疲憊地說。

「那麼，盛德妃的意思呢……」君蘭桎又看向盛顏。

她緩緩搖頭，說：「我只是個女人，哪裡懂這些，一切由皇上和諸位大人看著辦就是。」

她起身離開了垂諮殿，也不管尚訓在她身後詫異地叫她、想要挽留她。

她穿過狹窄的宮道，高高的宮牆在她身旁林立，炙熱的夏風從她身邊穿過，吹起她薄薄的紗衣，凌空飛舞。可是她臉色蒼白，心底悲戚冰涼。

鐵霏跟在她的身後，亦步亦趨，像影子一樣沉默。

盛顏走在宮牆的陰影下，忽然，她停住了腳步，雖沒有回頭，但是鐵霏可以聽到她低低的聲音：「你……難道不為瑞王擔心嗎？」

鐵霏輕聲，但是不容置疑地說：「瑞王爺不會敗。」

盛顏靠在紅色的宮牆上，也不管自己的衣上會沾染汙痕。她仰頭看著天空，彷彿是想要嘲笑他，可是鐵霏卻分明感覺她聲音顫抖喑啞：「不知你這種盲目的信任從哪裡來？」

一直跟在她身後的鐵霏，第一次產生了一種強烈的欲望，想要上前去看一看她現在的表情。他心想，發出這樣的聲音的人，該是多麼絕望與痛苦。

然而現在她希望成真了，她的丈夫終於醒來，與她攜手面對江山風暴，她最大的敵人已經身處最艱難的境地中，為什麼她卻沒有一點歡喜？

可是他最終，還是克制住了自己。他忠實地站在她的身後，用著最平常的口氣，說：「王爺十四歲時，在蒙狄做人質，他知道自己的父親去世後，立即帶著一百二十六人潛逃回國。在浴血廝殺之後，能跟著他踏上國土的，只有十八人……而我，就是那十八個人之一。」

盛顏一動不動地站在那裡，任由狹縫中的風極速穿過，割痛自己的臉頰。

「所以我信瑞王，就算在絕境之中，也必能創造奇蹟。」鐵霏聲音平板冷硬，毫無波瀾。「盛德妃，我想你們做什麼都是沒用的，你們只需要等他回來，接受自己的失敗就好了。」

她沒有說話，從始至終，她也沒有回過頭，看過他一眼。

她站在那裡，一動不動，只有那些風，加諸她薄弱的身軀，彷彿永不停息。

雖然朝廷對局勢算得上樂觀，可京城很快就失去了君容與的消息，朝廷裡猜測應該是他堅閉城門不出，瑞王圍城，所以失去了聯絡。但圍城對於被阻斷了糧草的瑞王軍來說，絕對是支持不了多久的。而且各地前往京城的援軍也很快就要到達了，所以雖然有點小擔憂，眾人還是將主要的關注放在入京的軍隊上。幸好一切都很順利，各州府軍馬陸續趕到，駐紮在京城外。

「我心中很不安，前方……應該確實沒事吧？」尚訓回來後，與盛顏在殿內相對時，他忽然這樣說。

盛顏心中也是浮著暗暗的憂慮，但她還是寬慰他：「放心吧。如今局勢盡在朝廷的控制下，各州府的兵馬已經趕到，就算南方的軍隊作亂，也是群龍無首，得不到各地支持，料來也不成氣候。」

尚訓也聽出她口氣裡的不肯定，但，有她在身邊陪自己說著話，本來就是讓他安心的事情。他在燈下握著盛顏的手，低聲說：「阿顏，我想我如今的身體，也許和妳不能相守一生了，但只要能殺了我哥哥，最後妳能在我身邊，這樣我……也算人生圓滿。」

她看著尚訓淡淡苦澀的笑容，不知該怎麼說才好。

眼看外面天色昏暗，似乎要下雨，風也一陣陣大起來了。她站起來去關窗戶，只在這頃刻之間，雨已經下起來了，細如牛毛的雨絲隨風斜飄進殿內，溼了她半身。

遠處被大雨遮掩得模糊不清的千重宮殿，包圍著她。雖然身處華美殿宇之中，可這種不知道明天在哪裡的孤苦愁緒，和以前在漏雨的屋簷下，與母親背對背取暖的時刻，又有什麼差別呢？

阿顏，好好地活下去。

驟然之間，天地迥異，鋪天蓋地的悲哀淹沒了她。

尚訓與她靜靜偎依許久，外面忽然傳來一陣喧譁聲。

盛顏安撫尚訓睡下，然後走到門口去，發現是太后駕臨。雖然她身邊的宮女們高高替她打著傘，但因為被擋在宮門外沒有避雨的地方，她衣服的下襬已經被淋溼了一塊。

看見盛顏之後，太后立即高抬下巴，倨傲道：「盛德妃，讓這些不長眼的奴才們趕緊退開，哀家找皇上有事商議！」

盛顏在殿內屋簷下，雨風掠起她的裙襬，讓她站立的身軀看來更是平靜：「聖上已經安歇，臣妾不敢大肆喧譁接駕，待太后簡慢了，還請見諒。」

太后氣急，又喝道：「這家國岌岌可危的非常時刻，皇上已經醒來主持大局，妳區區一個後妃，還敢阻攔哀家見皇上？」

「臣妾不敢。」盛顏向她深施一禮，說道：「只是聖上已經安歇，太后也知道聖上如今能有一刻好睡不易，若有要事，太后可告知一二妥善的身邊人，留在這邊等待聖上醒來再告知。」

太后仔細打量了她幾眼，彷彿現在才認識她似的，點了點頭，然後幾步走上臺階，理也不理她，繞過她就逕自向內走去。

盛顏正在愕然，太后身邊的兩個女官已經快步上來擋在她面前，讓盛顏連反應的動作都做不出來。

直到太后進內，她們才避讓開來，向她行一禮表示歉意。

盛顏也沒有責怪她們，心想，妳們怎麼會知道，我將太后攔在外面，是為她好呢？

她轉過身，不疾不徐地往殿內走去。還未到內殿，便聽到太后的聲音傳來：「皇兒，你可知李堯是母后堂兄，如今你將他就此斬殺，可曾想過母后親族的感受！」

尚訓倚靠在床頭，用一雙過分冷靜以至於顯得冷酷的眼睛望著她，聲音和眼神一樣冰冷：「既然是母后親族，那麼就更不應該投靠瑞王，讓母后與朕生了嫌隙。」

太后一時語塞，剛好看見盛顏已經走回來了，她立時勃然大怒，對尚訓說道：「皇上可知道，剛剛在外邊，德妃竟然阻攔在殿門之外，不讓母后進內探望。」

尚訓望了盛顏一眼，脣角竟浮起一絲淡淡笑意，招手示意她坐到自己身邊，這才緩慢地開口問：「母后的意思是？」

太后今日本就是為堂兄之死而來興師問罪，見他們兩人受了斥責還這般舉止親密，簡直氣恨交加：「德妃猖獗如此，竟至干涉你我母子相見，簡直罪無可恕。請皇上予以懲戒，免得其習以為常，再度忤逆！」

尚訓緩緩地點頭，說：「太后之言，朕有疑問。」

太后怒道：「還有何疑問？皇上是覺得母后會冤枉她，還是覺得宮門口眾多人會誣陷她？」

「不，朕只想知道，若德妃所為算是猖獗的話，那麼當年太后送五香拈痛散給我的母妃，又命人在書中夾帶瑞腦草，以至於我母妃華年早逝，香消玉殞，又如何形容？」

太后大驚失色，臉色頓時青紫，一口氣哽在喉口，竟連一個字都擠不出來。

盛顏詫異地看向尚訓，不知道他為什麼此時突然對太后發作。直到看見他眼中黯淡卻倔強的光芒，她才悚然驚覺——或許尚訓是覺得，若再不將此事了結，他可能沒有時間了。

沒有時間了。最後的時刻已經到來，覆巢之下，他們每一個人都無處可逃。

太后強笑著，聲音也變了：「皇上，母后不知道你在說什麼。」

尚訓閉上眼，靜靜地說：「朕叫了妳多年母后，如今也不願太過難堪。我會在妳身邊留四個忠心的奴婢，妳安安靜靜在西華宮度過殘生吧，今生今世，不要再踏出西華宮一步，更不要出現在朕面前。」

堂堂太后，囚禁於西華宮，而且身邊只留四個奴婢，簡直等同於顏面喪盡。

太后聲音凌亂，說道：「皇兒，你……你如何會聽信他人謠言，認為……認為母后當年殺了你母妃？什麼瑞腦草……母后一無所知，這從何說起啊？」

尚訓毫不留情地說道：「不必遮掩了。當年事情，朕在剛知曉時也不敢相信，但這幾個月來朕命人私下調查，如今人證物證俱有，太后不必再作張作致，給自己留點體面吧。」

太后一雙保養得宜的手攥得死死的，青筋直暴。她霍然轉身，瞪向盛顏，大吼：「是妳！是妳假造妳父親詩集中夾雜瑞腦草一事，挑撥我們母子關係，是不是？妳這個迷惑皇上的妖孽，哀家當初千不該萬不該，不該召妳進宮！」

盛顏靜靜地瞧著她，彷彿她的咆哮只是過耳清風一般：「太后娘娘，皇上剛剛只說是書裡夾雜瑞腦草，若您真的一無所知，又如何知道那瑞腦草是暗藏在我爹的詩集中？」

太后頓時語塞，那雙唇顏色枯槁，顫抖如風中枯葉，她站在那裡一動不動許久，終於長出一口氣，說：「是哀家的錯。哀家原以為，當年的那一招神不知鬼不覺，易貴妃死了，盛彝也無聲無息死在外放之地，皇上也乖乖叫了哀家多年母后，哀家可以安枕無憂了……誰想先皇居然會給哀家託那一個夢，誰想哀家身邊人居然在知道這個夢後向哀家搧風，說可以成就朝廷一樁佳話……」

她的目光在盛顏臉上掃過，聲音更顯冷硬：「哼，佳話……現在想來，倒像是天理迴圈，要讓這一樁陳年舊案翻出來，所以哀家才作了那個夢！而哀家最終為盛彝女兒所揭發，也怨不得別人！」

尚訓默然問：「太后當初借盛彝之手殺害朕母妃，後來召他女兒進宮，難道不怕盛彝將此事告知女兒？」

太后冷然道：「恐怕盛彝自己也不知道此事吧。當年哀家在易貴妃身邊早有人手眼線，等盛彝的詩集進獻到宮裡之後，才在書中動了手腳，他又如何能知道自己的詩集為哀家所用？更不可能將其中的祕密說出去了。」

「然而，我父親確實知道了。」盛顏在旁邊說道：「我爹在獻書之後才發現落款出了問題，這事可大可小，於是他託人將那本書又從易貴妃宮中重新拿到了自己手中，然後拆開書本，換了落款那一頁——在拆書的時候，他自然也發現了被釘裝在書中的瑞腦草。只是他當時以為是宮中防蛀用的，也沒有在意，直到易貴妃十五日後驟然薨逝，他聽說太后給易貴妃送去過五香拈痛散的消息，才知道了，原來自己的書成為這個局中的一顆棋子！」

太后面色青灰，冷笑道：「那哀家倒是佩服妳，妳懷著這麼大的祕密進宮，卻一臉鄉野無知少女的模樣，哀家真是看不出來。」

尚訓冷冷道：「盛彝並未將這樁祕密告訴阿顏，然而他留下了書信，就藏在壽安宮佛堂之中——就是他替太后抄寫的經文。太后多年來一直幫他妥善保管這個祕密，朕還要多謝妳了。」

太后被他這幾句話頂得全身發抖，氣怒交加。

「太后，請回宮吧。妳可以在西華宮為朕母妃長齋念佛，以贖昔年罪過。」

尚訓抬手，示意她不要讓自己動用宮中侍衛押送。

太后精力不接，用力地呼吸著，目光也開始渙散了。她怒極反笑，問：「哀家的罪過？哀家若有罪，你母親當年又該當何罪？哀家滑胎而永遠不能生育是誰所為？瑞王的母親淒涼死去又是因為誰？若哀家當年不對她下手，如今早已與瑞王母親一樣，無聲無息死在角落中了！可如今，至少是哀家贏了，哀家好歹成了太后，多活了這些年！」

盛顏默然站在殿中，聽著太后崩潰之後瘋狂的言語，撕開了一切溫情脈脈的遮掩。

這華美莊嚴的宮廷，埋葬了多少美麗的女子。裡面，有尚訓的母親，也有尚誡的母親，如今，或許已經輪到了她。

她只覺悲從中來，站在旁邊默立許久，然後走出清寧宮，示意侍衛們準備好，護送太后回宮。以太后身體不適為由，她命後局將太后宮中的人立即遣散，只留四個宮人聽用。

內局的人雖然猶豫，但皇帝的旨意一下，他們立即照辦了。西華宮中燈火散去，在細雨之中變成一座空宮。被調撥過去的侍衛忠實地護衛太后安全，保證太后安居宮中，不會踏出一步。

等一切安排妥當，盛顏回到清寧宮，幫尚訓寬衣睡下。

他大病未癒，現在又勞心勞力，正是疲憊的時候。可他靠在床上，一直睜著眼睛，茫然看著外面，無法入睡。

盛顏也是了無睡意，她坐在燈下整理文書，偶爾靜靜地回頭看一看他。

他依然是清雅高華的少年，雖然清瘦纖細，眉心含著淡淡的悲哀，但是，他沒有變，他依然是他。

盛顏茫然握著手中的奏摺，心想，如果他不是皇帝，他是個遠離朝政的王爺，或者，他只是一個和她門當戶對的普通少年，那該多好。如果他們能像普通的少年夫妻一樣，過一世普通的人生，那該有多好。

如果這個世上沒有瑞王出現，那該有多好。

像是感覺到了她的目光，尚訓緩緩地睜開眼，見她凝視著自己，他的臉上露出了勉強的微笑，輕聲叫她：「阿顏。」

看著他臉上平靜的微笑，盛顏也似乎安心了下來，她點頭微笑，走到床邊坐下，低聲說：「你累了，我們早點歇息吧。」
尚訓凝望著她，伸出雙臂示意她坐近一點。
盛顏輕嘆了一口氣，偎依在他身邊。兩個人都不說話，也不做什麼，只靜靜地聽著外面密集的風雨聲。
良久，他忽然低聲說：「如果是瑞王做的多好。」
盛顏不解，輕輕地「嗯？」了一聲。
他恍惚地說：「如果害死我母妃的人是瑞王，我就能更恨他了。」
「他做的還不夠嗎？」盛顏平緩的語調之中充滿怨恨。「他放冷箭讓聖上瀕臨絕境；他在聖上藥中下毒致聖上昏迷；他造反謀逆以致天下大亂；他命人殺害了臣妾母親，他、他還……」
她無法再說下去，只能狠狠將頭轉向一邊，咬緊了牙關。
尚訓一聲不響，輕撫她的肩頭，將自己的頭埋在她的髮間。她聽到他模糊的聲音，卻早已轉換了話題：「這一場風雨之後，天氣就會涼快了……秋天就要來了。」
「嗯，秋天……就要來了。」她緊閉著眼睛，喃喃地說。

她忽然想到尚誠寫給她的那封信，他說，秋日回來。

又似乎過了很久，在她終於有點睡意朦朧的時候，聽到尚訓又低聲在她耳邊問：「阿顏，如果有一天，妳發現我不是好人……我做過很對不起妳的事情，妳……還會愛我嗎？」

盛顏在半夢半醒的迷糊中，低聲說：「我也做過太多對不起你的事，既然你能原諒我，既然我們還有現在，那麼，你哪還有什麼事情，是我不能原諒的呢？」

他沉默著，用力抱緊她，將她的臉埋在自己的胸口。

「但是阿顏，我並不後悔之前所做的一切……因為，至少妳現在，是跟我在一起。」

在黑暗中，帳外朦朧的燈光，在他的臉上投下微微波動的光芒。他的唇角，淡淡地揚起，歡喜，圓滿，如意。

一夜風雨大作，狂風暴雨的聲音，還有壓抑的心境，讓盛顏怎麼都睡不安穩。

她恍惚覺得自己還處在雲澄宮，水聲嘩嘩作響，擊打著她的夢境。就像昨日重現，瑞王又坐在自己的床前，黑暗中用那雙灼灼的眼睛盯著自己。

在夢寐般的恍惚之中，她忽然被一陣輕微而急促的腳步聲驚醒，然後雕菰撲進來，隔著錦帳低聲叫她：「娘娘……」

盛顏還在朦朧之中，不知道自己聽到的，是真實，還是夢幻。而雕菰見她沒有反應，急得竟不顧自己的身分了，撩開帳子衝了進來，低聲叫：「娘娘！」

她坐起來，看看沉睡的尚訓，做了一個「禁聲」的手勢，然後輕手輕腳地下床，披衣出來。

外殿的風雨聲更大，所有的帳幔都在燈光下不安地晃動，如同水波。就在這一片令人恍惚的水波中，她看見景泰也正守在外間，一臉無措地望著盛顏，悲切無望。

雕菰低聲說：「瑞王進城了！」

盛顏愣了一愣，聲音嘶啞問：「妳說什麼？」

「瑞王與各州府調度過來的兵馬會合，如今已經連夜率兵進城，聽說……很快要進內宮來了！」

「他哪有時間過來？他怎麼過來的？」盛顏急促地問。

但是她也知道雛菰是不會有答案給她的。她倉皇地回頭看內殿，那裡，尚訓還在安睡。

如果有可能的話，她真希望，這一天一地的風雨全都加諸在自己的身上，不要傷害到睡夢中的尚訓一絲一毫。

「現在，他已經在宮城門口了……是守衛們進來告知的。」雛菰又慌亂地說。

「我……我馬上出去。」她說著，用顫抖的手拉過旁邊的衣衫，套上外衣，雛菰幫她繫衣帶，她從梳妝檯上隨手拿了一支簪子，要將自己的頭髮盤起，卻因為手一直在發抖，怎麼都弄不起來。

雛菰趕緊伸手要幫她拿過簪子，可盛顏搖搖頭，勉強定了定神，說：「算了，妳還是先去看看皇后和元妃，不要讓她們受驚……」

話音未落，她一眼看到了從殿門口轉過來的那個人。她怔忡著，十指一鬆，手中的金簪頓時「叮」的一聲，跌落在青磚地上。

他卻十分隨意地走過來，幫她撿起地上的金簪，然後站起身，輕綰起她的頭髮，幫她用簪子固定住，笑問：「阿顏，怎麼這麼慌張？」

盛顏面色蒼白，殿內的燈火在門口灌進來的大風中，忽明忽暗，讓她眼前的世界也是明滅不定，看不清楚。

她深吸一口氣，終於，低聲說：「你真是言而有信……剛剛初秋，就回來了。」

「我一心想著妳，所以迫不及待地趕回來了，妳不會介意吧？」他依然笑著，在她的耳畔輕聲問。

雛菰在旁邊看到瑞王這樣親暱的語氣與動作，嚇得臉色鐵青，全身雞皮疙瘩都冒出來了。

幸好鐵霏不知道什麼時候從殿外進來，一把抓住她的手，將她拉了出去。景泰也倒吸一口冷氣，倒退著走了幾步，逃之夭夭。

殿內頓時只剩下瑞王與盛顏兩個人，燭光暗淡，苦雨淒風。

盛顏張了張嘴，不知道應該說什麼。

是讚他通天的本事，是斥他犯上作亂，還是求他放過自己與尚訓？

瑞王卻從她身邊越過去，看了一看內殿的門，面帶著微笑，像是最平常的時候，兄弟之間打招呼的樣子，用輕鬆的口氣，叫著殿門口的人：「聖上，吵醒你了嗎？」

盛顏的心猛地一跳，她慢慢地回頭看。頭頂紅紗宮燈的光線照在尚訓身上，他不知什麼時候已經起身了，無力倚靠在內殿門上，橘紅色的光芒讓他的臉頰帶上一點異樣的血色，顯出一種不真實的血潮來。

他死死地盯著瑞王，那眼中滿是不敢置信的絕望死氣。

瑞王凝視著他，貌似漫不經心地說道：「我今晚要處理的事情還很多。劉遠志已經死在亂軍中，而給我惹了不少麻煩的君蘭桎，目前被帶到宮門口了，我要先去看看……我知道你們是被這些奸人脅迫，身不由己，並不是真的想要為難我，所以先來撫慰一下你們，以免你們多心。等過幾日，我們再好好地說說離別之後的思念吧。」

盛顏知道他這寥寥數語之中，不知有多少人死於非命、家破人亡。但都是一樣的，短短數天前，朝廷也處決了一批人，京城中的血雨腥風，不是現在才開始的。

外面的風雨更大了，尚訓終於開口，聲音喑啞凌亂：「朕只是很想知道，瑞王是怎麼在糧草缺乏中，以十天不到的神速，率軍趕到京城的？」

瑞王輕笑道：「我怎麼會蠢到與朝廷簽訂了合約之後，就將自己的一切交託在他們手中？君蘭桎不過想利用我與項雲寰鷸蚌相爭，幻想從中得利而已，所以我在生擒項雲寰之後，立即就帶著他和幾隊精兵北上往京城而來，只不過故意把消息遲放出了幾天而已。君中書那個沒有經驗的兒子，每天就待在城內守著探子的密報，卻根本不知道那些探子都會與我聯絡。不過我唯一沒料到的是，他居然能殺掉李宗偉，這一點倒是叫人佩服。」

盛顏默不作聲，知道自己與尚訓這一次敗得徹底。尚訓從小柔弱，她更只是個後宮中的女人，而君蘭桎只慣於在朝廷上勾心鬥角，哪有人能和瑞王抗衡？

「深夜擾人美夢，真是不應該，我還是先走了。你們可以繼續補眠一會兒，等一會兒，太子會來看你們，我想他會有話對你們說。」他說著，轉身要出去的時候，若有意似無意地，抬手撫摸了一下盛顏的髮，低聲說：「盛德妃，聖上剛剛醒來，身體似乎還不太好，妳可要注意小心照顧他。」

看著他轉身走出去，盛顏再也站立不住，踉蹌著撲到尚訓的身邊。尚訓抱住她的肩，盛顏卻發現他很鎮定，甚至還在微笑著。

他安慰地抱緊她的肩，低聲說：「妳看，老天真是不眷顧我們，居然給了我們最壞的結局。」

盛顏微微咬住下脣，低聲說：「幸好……我們的墳墓都已經趕造好了。」

他們在窗口，看著瑞王一步也不停，大步轉過迴廊，消失在暴雨中。

而他們現在待在這裡等候處置，簡直比立即置他們於死地更叫人難熬。

尚訓是他的親弟弟，是他一手扶持著登上皇位、被架空了權力的帝王，可是他卻宣布瑞王為謀逆，並且親自刺傷他、將他下獄；又趁他南下平叛的時候，在後方斷他後路，可說是他最大的仇人了。

而她曾答應嫁他，卻入宮成了他弟弟的妃子；刺進他胸口的那一把毒刃，他一直認為是她替尚訓備下；她親手寫了要殺他的詔書；她騙他進行和談；她在合約締結之後，又在後方謀害算計他。

他該有多恨他們。

他最恨的，估計是他們居然一起聯手謀害他。

盛顏心亂如麻，明明覺得自己絕望極了，可是張開口，卻胸口堵塞，一聲也發不出來。

「我們本想給他致命一擊，但是如今失敗了，只能認輸。」看著她焦慮的樣子，尚訓卻若無其事，只思索著另外重要的事情。「如今我們的煩惱是，要是我們死後，他不讓我們同穴可怎麼辦？」

盛顏沒想到他如今第一擔憂的事情居然是這個，恍惚遲疑中，竟在燈光下慘淡微笑了出來。

她抬眼看著頭頂微微晃動的燈光，偎依在他懷中，輕聲問：「聖上怕火嗎？」

尚訓茫然地應了一聲，也不知是還不是。

「若這盞燈掉下來，將我們連同這宮室燒成灰……我想，大約就再也沒有人能分開我們了吧……」

這麼絕望的話，卻讓她說得這麼輕巧，尚訓只覺胸口痛徹，下意識收緊了自己的雙臂，聲音也嗚咽起來：「可要是在黃泉中，我們看到對方焦黑的樣子，一定會認不出來的，還是別做這個打算吧。」

他說著，伸手撫上她的臉頰：「而且，阿顏，妳這麼美，如何能化為焦土。」

盛顏咬著自己的下唇，默默地，感覺到自己的臉頰微微溫熱，眼淚滑落下來。

外面雕菰惶急的聲音響起：「殿下，殿下，不能進來啊……」

果然，如尚誠所說的，行仁來了。

尚訓與盛顏本不想理會他，但盛顏想了想，還是無奈地推開尚訓，低聲說：「天色還沒亮，瑞王便讓他過來，不知道到底有什麼事，不如我去見一見吧。」

尚訓默然，卻也沒說什麼。

既然瑞王吩咐行仁連夜過來，那麼，必定是有什麼事，他不想留到天亮再解決。

盛顏深吸幾口氣，勉強將眼前的黑暗暈眩驅散，站起來走了出去。

行仁一看到她的身影，立即奔過去牽住她的手，怯怯地叫她：「母妃，瑞王進城了……我是不是一定會死了？」

盛顏搖頭，自己也沒有把握地安慰他：「放心吧，應該不會的。」

「那……母妃會死嗎？」他看著她問。

盛顏勉強笑了一笑，說：「何必擔心我呢？我以前那樣對你，你不記恨我嗎？」

「不會啊，我覺得妳比那些想等我出了差錯再狠狠懲處的人好。」他說。

這個小孩子，真是洞若觀火，這麼早熟，在皇家有什麼好處？

盛顏不忍心再看他，伸手撫摸他的頭，低聲說：「瑞王想必不會和你一個小孩子過不去的，只是你以後的一生，可能會艱難點。」

「別騙我了，母妃。」他倔強地說：「他才不會讓我活下去呢。」

這個孩子說出這樣狠辣的話，讓盛顏覺得心裡不舒服，她轉了話題，問他：「你夤夜進宮，有什麼事情？」

「嗯……我有重要的事要見父皇。」他說。

盛顏示意他進內去，看著這個小孩子跑進去，她一時覺得無比疲倦，站在外面，看著外面已經漸漸變小的雨，想著明天自己與尚訓的命運。

誰知道會怎麼樣呢？是生離，還是死別，全都在別人的手上，不是她與尚訓可以掌控的。

她正在出神，耳邊忽然傳來砰的一聲，是什麼東西落地的聲音。她遲疑了一下，在疏落的雨聲中，聽到了尚訓的聲音——「阿顏」！

他的聲音急促沉重，讓盛顏的心頓時一跳，轉身急奔進去，卻發現他正跌坐在床上，嘴角有血流下來。

他的手按在胸口，就在當初他胸口的那個傷口上，又有血如崩裂一般湧出來。

在尚訓的對面，是握著一把短短匕首的行仁，他手中握著那把匕首，轉頭看著她，低聲、乖巧地叫她：「母妃。」

盛顏一把推開行仁，衝上去抱住尚訓，急忙撕開他的衣襟查看，一邊朝外大叫：「雕菰，雕菰……傳太醫！」

「不必了，還不如這樣乾淨。」尚訓卻抓住她的手，臉上露出慘淡的微笑。

盛顏眼看著他的胸口，迅速地蒙上一層青紫，蔓延向全身。然後，他軟軟地癱倒在她的懷中，口中盡是鮮血湧出。

她感覺到他的手，在最後的時刻，緊緊地抓著她的手腕，他抓得這麼緊，捨不得放開她一分一毫。

她抱著他，顫抖的手不停地替他擦拭嘴角的血，可是，卻怎麼也沒辦法止住那湧出來的血流。他的生命，就在這些鮮紅的液體中，漸漸流逝。

「尚訓……」她低聲惶急地叫他。

他抓著她的手，艱難地往上移動，與她十指相扣。

就像他們常常在午夜夢迴的時候，無意識地握住對方的手；就像《詩經》裡曾經說過的，執子之手，與子偕老。

盛顏緊握著他的手，嗚咽著，淚流滿面。

尚訓感覺到她的眼淚滴在自己的臉上，但他已經看不到面前的東西。他曾經聽說，人在臨死前，總是會看見自己一生中最幸福的時光，來麻痺自己，忘掉死亡的痛苦。而他看見的，果然是他最珍惜的那些事情——

初見時的暮春初夏，她站在假山的紫藤花下，春日豔陽迷離，她在豔麗的紫色花朵下，恍如散發出熾烈光華，容光流轉。

她幫他拈出落在衣領中的女貞花，氣息輕輕呼在他的脖頸處，和落花一樣茸茸觸人。綠蔭生晝，微風徐來，簌簌聽到花朵開落的聲音。

去見她母親的那一夜，兩個人坐在廊下，風把雨絲斜斜吹進來。他擁著微微打著寒噤的她，兩個人的體溫融合在一起。

還有，第一次見面時，在雲間應和的兩縷笛聲，使得滿庭風來，日光動搖。

只可惜，最後卻是兩處沉吟各自知。

一剎那間，就像是相信有來生一樣，他微微地笑著，最後再握了一握她的手，閉上眼睛。

盛顏的手，驟然落空。眼睜睜看著他，從自己的掌心滑脫，無力地垂落。她坐在那裡，抱著尚訓，一動不動地看著他平靜如睡去的臉。她神情枯槁，就像自己的春天一夜死盡，悄無聲息。

親眼看著尚訓死去，行仁才站起來，說：「母妃，我先告辭了。」就好像，他碾死了一隻小蟲子，現在要去洗手一樣。

盛顏茫然地回頭看他，問：「為什麼？」

「因為，他是害死我父皇的凶手之一，我沒能力對瑞王下手，現在能把他幹掉，我也就有臉去見我娘了。」他歪著頭，看著她懷中的尚訓，說：「他這次是真的死了，再沒有奇蹟了。」

這次。

盛顏只覺得心中一涼，一種冰冰涼涼的東西湧上來。

她慢慢地抱緊已經漸漸失去溫熱的尚訓，低聲問：「你告訴我，去年秋狩的時候，那一箭，是不是你射的？」

他點點頭，說：「是。可惜我雖然瞄準了，卻手上無力，不然那一箭早就讓他死了！」

「那麼，尚訓中毒的那一夜，你不停地拉著我的手……後來他中了龍涎的毒，那毒……也是你？」

他認真地點頭，用天真的神情看著她，說：「嗯……我娘就是死在這個毒之下，她只在脣上沾了一點就死了。我聽說他的藥都是妳換的，我想是不是會有可能讓妳幫我給他的傷口下點毒……沒想到一下子就成功了。」

第一次見面的時候，她幫行仁畫了完整的一個圓，殺死了萬千螞蟻。

他計畫殺死尚訓的時候，她也幫著他，完成了另一半的圓。

將毒染在她手上的行仁，和將毒染在尚訓傷口的她，到底哪個，才是凶手？

盛顏終於再也忍不住，她放下尚訓，慢慢站起來，走到這個看似無邪的孩子面前，抬起手，一巴掌狠狠地打在他的臉上。

這一掌盛顏下手極重，他雪白的臉頰頓時紅腫起來，但是他卻只是看著她，什麼話也沒說，良久，才說：「母妃，等一下瑞王一定會殺我的，所以我也不回去了，妳別生我的氣。」

盛顏還不明白他要幹什麼，卻只見他伸出左手食指，用舌尖舔了一下。

龍涎是沾唇即死的劇毒，只不過片刻的工夫，行仁身體抽搐，臉色瞬間轉為青紫，隨後便全身無力地順著梁柱滑了下去，委頓在地。

在劇烈的抽搐間，他忽然雙眼看向盛顏，嘴角扯出一點似笑非笑的弧度，說：「母妃，我最後送妳一個禮物……要是妳不想落在瑞王手裡的話，也像我一樣……舔一舔就行了……」

盛顏看著他，慢慢省悟過來。她抬手看看自己牽過他的手，身體微微顫抖。

一室，又重歸於安靜，外面的天色，已經漸漸地亮起來。

她身邊，是兩具屍體。一具在她的懷中，是深愛她的人；還有一具，是她名義上的兒子，送給了她，追隨他們而去的禮物。

她低頭看著自己的手，微微顫抖。

只需要點在自己的唇上，只需要，舌尖嘗到那一點味道。

她就能永遠地離開這些煩惱和悲哀。

就像是受了甜美的誘惑，就像剛剛出生的蜜蜂，想要嘗一嘗花心的味道；她將尚訓安放在枕上，抬起自己的右手，慢慢地湊近自己的唇。

雙唇微啟，她的舌尖，試探著，緩緩地想要舔一下手指尖的味道。

可，就在即將碰觸的一剎那，旁邊有人衝出來，一把抓住她的手腕，將她用力拉扯開，遠離那些正在漸漸變冷的屍體。

她用力掙扎，卻並沒奏效。他拖她到簷下盛水的大缸前——這是每個宮裡都會有的，以備起火的時候滅火之用——他急促地將她的手按在水中，幫她清洗。

她的手剛剛浸水，水中養著的小魚便肚皮翻白，被劇毒殺死。

等洗過一缸之後，他拖著她又換一缸，將她的手粗暴地浸入水中，即使他們身上全都被弄得溼漉漉一片，也不曾遲疑片刻。

直到換了好幾缸水，那些游動的魚兒再沒有死掉，他才放開她，低聲說：

「阿顏，我不會讓妳死得這麼乾淨。」

但她卻似乎沒有感覺到，她穿著被水濺得溼透的衣服，跌坐在臺階之上，任憑微雨落在自己身上，一動不動。

天色已經漸漸地亮起來。朝陽初升，被秋雨洗過之後，整個皇宮在陽光下豔麗無邊，金黃的琉璃瓦，朱紅的門柱窗戶，瑩白的漢白玉殿基，在高遠的天空之下，一切顏色都亮麗奪目。

彷彿是被眼前鮮明的顏色刺痛了雙眼，她只覺得眼前一黑，失去了意識。

第十五章

天機燒破鴛鴦錦

她身後的瀑布不斷流瀉，她恍如正在隨著水風流逝。

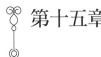

盛顏醒來的時候，聽到外面的鳥聲嘰啾，一片安然。

她睜開眼，看著窗外。窗外是一片碧藍如洗的天空，橫斜著的，還有一枝枝碧綠的合歡樹，在窗前搖曳。

清朗的天空，平靜的初秋早晨，她一動都不想動。命運傾瀉在她的身上，冰涼如水，叫她想要這樣麻木地一直躺下去，再也不用面對人生中其他的東西，甚至連自己為什麼在這裡也不想知道。

也不知道過了多久，髮絲微微地一動，有人在輕輕撫摸她的頭髮。她緩緩地轉頭去看，看到坐在床邊看著她的尚誡。

她不自覺地蜷縮起身體，眼睛出神地看著他，凝視著，睫毛顫抖。

他淡淡地說：「妳昏迷一天一夜了，我守著妳的時候，老是胡思亂想，覺得雖然妳沒有中龍涎，可還是有種不祥的預感，似乎妳會像他一樣長久昏迷下去。」

她的身子疲倦而瘦痛，不想動彈，也沒有理會他，只是睜著眼睛看床帳上繡著的折枝花。海棠花，一枝枝，豐腴美麗。

在風雪之夜，母親拉著她的手說，阿顏，我們好好地活下去。

現在看來，即使人生狼藉至此，她也要活下去。

沉默了良久，她才低聲問：「尚訓呢？」

「他死在行仁的手上了，我自然會好好地安葬他的，以帝王之禮。」尚誡淡淡地說。

「那麼……是你暗示行仁已經敗露，所以他才急於下手，替你除掉了你登基的最大障礙？」盛顏慢慢地問。

尚誡伸手輕撫她的額頭，說：「妳何必把我的動機想得這麼難堪？我是因為答應過妳，會給妳一個交代，所以才讓行仁過去的。現在，妳也確實知道，害尚訓的人不是我，我不屑這樣的手段，也不需要。」

是，他這麼厲害，在給她交代的時候，也能得到自己最大的利益。

即使讓行仁去解釋，需要這麼晚，這麼倉促嗎？

看起來，他竟是迫不及待，不想要自己的弟弟活到第二天。

她躺著，想著，眼角有溫熱的眼淚滑下來。

他看著她，抬手輕輕將她的眼淚拭去，低聲說：「盛顏，尚訓已經死了。妳現在唯一活下來的機會，就是一心一意地愛我，讓我稱心如意。只要妳願意，我們忘記以往一切，妳依然有一生繁華，一世風光。」

她僵直地躺在那裡，沒有答應，也沒有反對。

他將她扶起來，兩人一起坐在床上，她轉頭四望，才看見周圍一切。小閣所有的門窗都已經推開，一眼可以看到欄杆外盛開得無比燦爛的花朵。粉紅色的嬌豔，金黃色的奪目，藍紫色的動人，在梧桐樹下延伸到遠方的湖邊。

這花開得真美，可惜已到全盛，即將開始凋落了。

像是看出了她的心思，尚誡笑了笑，伸手輕撫她的鬢髮，說：「等這邊的花開完了，妳就轉到淺碧閣去，桂花的時節正要到來，等桂花落了，菊花也開了。」

盛顏轉頭看著陽光下隨著微風搖曳如水波起伏的叢花。桃李開了還有牡丹，梔子過後還有石榴、荷花，秋天到的時候有桂花、菊花，就算冬天，也依然有蠟梅、水仙。

一年過了還有一年，人生轉瞬百年，這一輩子，也並不會淒涼的——只要一天一天活下去就好了。並沒有什麼大不了，她死過一次之後，依然是錦繡繁華。

依然能好好地活下去。

就像宮苑中的桃花，一年一年，不管主人是誰，不管改朝換代，也不管江山易主，只要綻放出美麗的花朵，就會有人欣賞迷醉。

活下去，這麼艱難，也這麼容易。

國不可一日無君，在知道尚訓帝死於太子之手後，當天下午朝廷眾臣就開始上書，請瑞王登基。

如今已經沒有任何阻礙的尚誡，按照慣例推辭了幾次之後，便在奉先殿上書謁告祖先，詔書當然冠冕堂皇，幾句「先帝英年龍馭，膝下無人繼承大統」云云，名正言順地黃袍加身。

他一上臺便開始著手整肅朝廷事，君中書已死，那一派舊人自然被連根拔除。尚誡登基不過旬月，太皇太后就在西華宮憂病去世。但是如今局勢動盪，也沒有太多人關注，禮部照例將她送往崇德帝的山陵下葬。

等到朝廷局勢基本安穩下來，所有人都將關注的目光投向了盛德妃。不僅是朝廷，連宮中的人都這樣偷偷議論，只是誰也不知道她會有什麼樣的下場。

君容緋與元妃帶著宮中一群人出發去雲澄宮的時候，抱著盛顏哭得幾乎暈厥過去。周圍的人也都知道這是生離死別了，無一不是淚如雨下，一時間宮門口哭啼啼，甚至驚動了離這裡不遠的垂諮殿。

當初尚訓一直都是在垂諮殿看摺子的，但是現在尚誡卻一般是在清和殿上朝，所以垂諮殿內寂寞無事的值班大學士聶菊山也出來看了看。聽身旁人議論，其他舊人都移往行宮，連平常宮女都遣出了，唯有當初最興風作浪的盛德妃留下，估計是新帝準備好好處置她。

聶菊山深以為然。第二天，他洋洋千言上書，認為盛氏牝雞司晨，惑亂朝綱，今上天命所歸，她卻螳臂擋車，不但之前挑唆先皇，讓今上陷於囹圄，後又與君蘭桎狼狽為奸，勾結作亂，實屬後宮餘孽，應當從重處罰，不可姑息。

尚誡看完聶菊山這份奏摺，臉上竟難得露出笑意，說：「聶卿不提，朕還沒發現，原來此人這麼可惡，居然一而再再而三地與朕作對，實在是罪無可恕。」

「盛氏多次對聖上圖謀不軌，實屬大逆不道，不殺不足以服人心。」聶菊山義憤填膺道：「聖上為天下安定，不但解了京城之圍，而且還親自率軍南下平定叛亂，誰知她竟在後方作亂，與君蘭桎定下漁翁得利之計，企圖謀害聖上。幸好吾皇上承天命，逢凶化吉。但臣以為盛氏其心可誅，萬死不足以辭其咎！」

尚誡不動聲色，又將奏摺看了一遍，然後說：「朕知道了，你先退下吧。」

聶菊山歡欣鼓舞地懷揣著連升三級的夢想退下後，尚誡看著那份摺子，若有所思，良久，才忽然抬頭叫白晝：「召中書令趙緬過來，朕有話要問他。」

不多久趙緬到來，尚誠注視著站在下面的他，問：「趙卿家年紀多少？」

趙緬答道：「臣虛度四十有七。」

尚誠點頭：「你幫助朕逃離險境的時候，雖然安置好了妻兒，但據說嫁出去的女兒卻因為怕連累夫家而自盡了，每每想到，朕真是心裡不安。」

趙緬以為尚誠是要加封他的女兒，便說：「死者已矣，多謝聖上掛念。」

「朕今日給你一個女兒如何？」尚誠問。

趙緬不知他是什麼意思，吶吶不敢應。

尚誠說道：「朕要立一個女子為皇后，但她出身來歷不稱，恐怕朝臣議論，所以朕想將她賜給你做女兒，以後也好有個照應。」

這樣一來，不但那女子有了依靠，趙緬也就成了太師皇親，在朝廷上的地位定然難以動搖。

趙緬喜不自禁，立即跪下謝恩：「多謝聖上成全，臣又得一女，實乃天降恩德！」

「至於她的身分，你就說是自小託付在遠親家長大，近日剛剛接回京就好。

她的戶籍，朕會讓戶部的人補上。」

「是……」他趕緊叩頭，再次謝恩，心裡想，不宜讓人知道的，莫非是在南方平亂的時候遇見的蠻夷女子？又或者，是籍沒入宮的宮女？

但他也只是暗暗思忖，不敢詢問。

當天下午，內宮下詔送先皇的盛德妃到雲澄宮與其他妃嬪一起生活。

送盛德妃的車子剛剛從白虎門離開，青龍偏門那邊也有一輛不起眼的油壁馬車離開宮城，那輛車一般都是宮中學士公事所坐，也並沒人注意。

這輛車直往宮城以南而去，一路行經大理寺，過了六部，出承天門，繞到中書令趙緬府第後門，才停了下來。

趙緬一身家常袍服，早已等在那裡。四周無人，他看見內侍將車簾打起，伸手進去扶那人，裡面一雙女子的手伸了出來，搭在他的腕上。

那雙手手指修長，指甲圓潤，但對於女子來說，卻稍顯粗大。看來她以前生活辛勞，也許還常常操持家務。

趙緬心想，難怪聖上說她出身不好，大約是出身卑賤的女子，偶爾運氣好被聖上看上吧。

她下了車，趙緬見她一頭青絲只綰了鬆鬆一個小髻，臉上蒙了薄薄黑紗，身上青衣在風中微微晃動。雖然看不出是什麼樣子，但一身清氣，腰線纖細，肯定是個美麗女子。

趙緬的夫人楊氏在門內迎接，那女子向她行禮，低聲說：「有勞趙夫人了……」她聲音喑啞無力，竟似長久哭泣過。

可即使她聲音沙啞，趙緬依然覺得她的聲音無比熟悉，他以前必定聽過這個聲音，而且恐怕還不只一次。

他微微疑惑，但也不敢多揣測，趕緊引著她進院子。

她安身的院落早已經收拾好了，就在花園中的一座軒榭，一面臨水，三面全是花木，開闊疏朗。此時正是秋日，前面叢菊盛開，金黃一片花海，空氣中盡是沁人心脾的菊花藥香。

那女子雖然看起來精神恍惚，但還是向他們致謝。趙緬與夫人告退之後，夫人在路上悄悄問：「這位姑娘是誰？」

「不知道，不過既然聖上費這麼大周折，一心要讓她登上皇后的位置，想必是萬歲心尖上的人……」趙緬說到這裡，又回頭看了一眼。

那個女子已經進了內堂，陽光映著水波從後面照進來，她的身影映在隔開內外的一扇碧紗屏風上。她將自己臉上的面紗取下，默然站在那裡發呆，看起來孤寂清冷。

趙緬心中一震，嚇得說不出話來。

這個身影，他曾經見過。

當時瑞王下獄，他負責審訊，正好遇上盛德妃也來獄中，下令賜死瑞王。那時盛德妃站在掖庭獄門口，她身後的陽光從門口照進來，身影纖細瘦弱，在陽光中幾乎要消失一般。

那條身影他原本已經淡忘，但此時忽然再次見到，心頭震驚已極，居然愣在當場。

良久，他嚇得拉上夫人，幾乎是逃跑一樣地離開。

過了幾日，是九九重陽節。

如今戰亂已定，宮中照例請京城中百歲以上和朝中花甲以上的老人入宮飲酒。

其中有一個老人年紀已經一百零三歲，皇帝賜的壽餅只吃一半就小心包好藏在懷裡，尚諴問他為何，他請罪說：「老朽家中娘子年已九十九歲，從未吃過宮中食物，草民想要帶回去給她嘗嘗。」

原來他們是年少青梅竹馬的原配夫妻，成婚已經八十多年，不幸子女都已夭折，靠朝廷救濟過活，但兩人相濡以沫走到現在，一直不離不棄。

眾人感嘆良久，尚諴命人送了一桌宴席到他家給他妻子，另外多加賞賜。散席之時，尚諴看似漫不經心地對大臣們說了一聲：「民間夫妻伉儷情深，真是讓朕都羨慕。」

善解人意的眾位大臣馬上就忙活開了。第二天，推薦自己女兒姪女的、舉薦名門閨秀的人踏平了後局主事的門檻。算上尚訓帝那一朝，後廷已經空虛了多年，連宮女宦官大多都打發出去了，後局幾個宦官自然也不敢做主，跑去與禮部的人商議。在這麼多的姑娘中，禮部尚書選中了趙緬新近剛接回身邊的小女兒趙嫣，定於這年十一月初六進宮冊封。

對於這個選擇，眾人都認為是考慮周詳、名正言順的。畢竟趙緬當初與鐵霏相助皇帝逃脫回北方後，便一直忠心從龍，南下平叛也頗有功勳，皇帝十分倚重，成為國親也是順理成章。

一時間到趙緬府上賀喜的人絡繹不絕，趙緬表面上笑容滿面，實則心中忐忑不安，幾乎夜夜惡夢。

幸好轉眼已經是十月底，眼看也就要成親了，離燙手山芋丟出去的時間也沒幾天了，趙緬才稍微鬆了口氣。

為了趕上女兒進宮的大日子，趙府大事修繕。家裡用人忙不過，不得不臨時找了數十個幫工進來修葺花園，日夜開工，一時間連盛顏這邊都吵到了。她本就睡不好，這下更是夜夜輾轉難眠。

雛菰已經被送到雲澄宮去了，趙府臨時派來服侍盛顏的幾個小丫頭對她的壓抑十分不解，常常羨慕地說：「小姐，妳多幸福啊！不但可以進宮，而且可以做皇后，這是天下所有姑娘家的夢想啊！」

盛顏轉頭去看荷塘中的枯荷，說：「宮裡有什麼好的，那裡是天底下最殘酷最冷清的地方了。」

「怎麼會呢！」她們立即跳起來反駁。「小姐，妳進宮了就知道啦。據說當今聖上是人中龍鳳，年紀又輕，長相又好，現下連嶺南塞北都已經平定，以後天下升平，各地安穩，妳做了皇后，該有多好啊！」

她雖然早已料到，但還是問了一句：「嶺南已經平定了？」

「是呀，兵馬已經歸順，占據城池頑抗的那幾個逆賊也都處決了，小姐還不知道嗎？」小姑娘們說起這些事嘰嘰喳喳的，卻毫不知道其中血腥，只紅著臉傳揚其中幾個年輕將領的名聲。

盛顏意識恍惚地聽著，直到她們爭辯不休，找她當裁判。「小姐妳說，到底是張校尉強，還是李都尉厲害？」

盛顏靠在柱上，垂眼淡淡說：「我只是個女人，哪裡懂朝廷的事。」

那些小丫頭還要說什麼，站在盛顏身後的鐵霏終於忍不住，說：「太陽已經西斜了，妳們還是先準備下晚餐，叫人送過來吧。」

「吃吃吃，就知道吃！有本事你也去殺敵建功呀！」小丫頭們不滿地噘起嘴瞪了他一眼，但還是散開了。

鐵霏鬱悶至極，暗自嘟囔：「老子殺人的時候，還不知道妳們生出來了沒有呢！」

盛顏支著下巴望著塘中枯荷，連睫毛都沒有眨一下。鐵霏以為她會依然像之前一樣呆坐一天，誰知過了片刻，他聽見她的聲音輕輕傳來：「是我耽誤了你，本來你也可以建功立業的。」

鐵霏詫異地看了她一眼，然後說：「我只是聽命行事。皇上重視什麼，我就為他守護什麼，皇位啊，天下啊，還有妳啊……對我來說都差不多。」

盛顏默然閉眼，疲憊地說：「但你也知道，我是絕對不可能與前兩者相提並論的。」

鐵霏皺起眉，想了許久，才若有所思地望著她說：「要真是這樣就好了。」

他沒有再說什麼，盛顏也沒有再問什麼。

風中枯荷搖曳，晚風漸涼，黃昏籠罩了天地。

晚餐後天還亮著，有個小丫頭見盛顏整天悶在室內枯坐，便探頭探腦地看看外面，說：「外面花園裡桂花開得真好，小姐要不要去看看？」

鐵霏皺眉，問：「桂花有什麼好看的？白天都看不到那小小一點，何況現在天色都昏暗了。」

「你們男人當然不明白有什麼好看的了，什麼花啊香啊，全都不解風情！」

小丫頭牙尖嘴利地搶白。

其實盛顏對於賞桂花並無興趣，但是看見她這樣說，便也站起來，跟著她一起到花園去走了幾步。鐵霏無奈，只好跟在她們身後，一臉鬱悶地出去了。

銀月光芒灑在桂花樹上，依稀片片深淺痕跡，在暗夜中只見其色，不見其形，香氣也變得更加幽緲。

在這麼幽靜的院中，他們卻聽到旁邊傳來敲打椽梁的聲音，正是那些趕工的幫傭還在忙碌，讓幾個小丫頭們都煩躁地捂住了耳朵。

盛顏不經意地抬頭看去，突然看到了爬在花園亭榭屋頂上的一個人，她微微愣怔了一下，皺起眉。

而屋頂上的那人目光與她對上，手中的椽梁頓時鬆落，幸好他眼疾手快，馬上就搶手抓住了，沒有砸破屋頂。

不過，在這一剎那的目光相接之後，盛顏和他都立即將自己的目光轉向別處了，兩人好像什麼都沒發生一樣，各自轉身。

看她悶聲不響地轉身走上回頭的路，丫頭們還以為她嫌這邊太吵，趕緊說：「院子裡有些屋子陳舊了，老爺要趕在小姐出嫁之前修好，所以要日夜開工，是有點吵，小姐再忍幾天就好了。」

她點頭，見鐵霏在身邊，微微有點警覺地回頭看那些人，便裝作若無其事地按著胸口，說：「看那些人爬這麼高，不知為什麼，我有點心悸……難道他們不怕嗎？」

丫頭咯咯笑出來：「小姐啊，他們是修屋頂的，怎麼能懼高呢？」

「說得也是。」她輕輕吐出一口氣。

身旁的桂花吐露著濃郁的香氣，瀰漫在他們周身，盛顏伸手折了一枝，拈在手中，沉默不語地抬頭看天。

細細一痕上弦月已經升起，星星點點的黃色小花躲在厚厚的碧沉葉片下，全看不清，只是月光下聞著花香，幾個人都感覺到心情舒暢。

回去時她略有點疲倦，坐在燈下看了幾頁書，已經快要三更了。她覺得自己睏乏了，便讓丫頭替她準備洗澡水。

丫頭打水讓她在內間洗澡，鐵霏自然守在外間。

她將丫頭打發出去，自己泡在桶中慢慢清洗。鐵霏在外面守著，聽著裡面偶爾傳出來的水聲，畢竟已經夜深，他也有點倦怠，煩惱地支起下巴望著月亮，想，今天是初三，三日後初六，自己終於可以回去了，到時候，就可以看見離菰了。

想著離菰，他不由得微笑起來，也沒有留意傾聽裡面的水聲了。

直到那個丫頭從外面抱著衣服進去，繞過屏風，然後看到空空如也的澡桶，這才尖叫出來。

鐵霏立即跳起來，衝了進去。外面是細細的新月，裡面是搖曳的一點小燭光，雖然是在陰暗中，但也可以發現，盛顏已經不見了。

窗外是荷塘，門外鐵霏把守著，可是她卻不見了。

「小姐……小姐不會跳進荷塘了吧？」小丫頭結結巴巴地問。

鐵霏立即說道：「不可能，我沒聽到這麼大的水聲。」但雖然這樣說，他還是未免向荷塘內看了一眼。

這一眼讓他差點跳起來，原來水面上橫七豎八地漂浮著好幾塊修房子時拆下來的舊木板，延伸向荷塘的另一邊，顯然她是從這座臨時搭建的簡易浮橋上逃出去了。

午夜剛過，凌晨未到，深秋的殿內，夜涼似水。

尚誠寢宮中，今晚輪值守夜的是白晝，他看見鐵霏一臉鬱悶地急匆匆進來，便問：「出什麼事了？」

「盛德妃不見了。」他無奈地說。

白晝挑挑眉，笑道：「是嗎？你可真不小心。」

話音未落，裡面已經有了聲響，尚誠已經坐起，示意鐵霏進入內殿，問：「她怎麼不見的？」

「必定是有內應，不然，她也逃不出去。」鐵霏趕緊說。

尚誠轉頭去看外面的夜色，皺起眉頭。雖然他並沒說什麼，兩人卻清楚地感覺到他的惱怒。

「把外殿右邊第二個架子上的青色琉璃瓶拿上，去御馬監帶幾隻狗。」

白晝應了一聲，到外面拿上那只瓶子。即使瓶子緊蓋著，他也可以聞到裡面的香味，清新出塵的桃花香，如煙雲一樣氤氳嫋嫋地溢出來。

他帶上瓶子到御馬監去。這裡養著出獵的馬匹、鷹、獵犬。

他調了幾隻正當盛年的大狗，回來時尚誠已經收拾好等在宮門口，三人縱馬出宮，馬蹄急促，踏碎京城凌晨的寧靜。

新月斜掛，天色昏暗，放眼看去，城郊茫茫一片，近處是金黃的稻田，遠處是霧氣一樣朦朧的桃林，雲澄宮在紫穀山上，靜靜鋪陳。

眼看已經逃出城外，盛顏與君容與直到此時才敢停下歇一口氣。他們靠在「雲澄霞蔚」的牌坊下，覺得大汗涇透了衣服。

「你怎麼知道我在趙緬的府上？」她問。

君容與苦笑道：「我從江南逃回來之後，聽說妳也被送往雲澄宮了，但是我偷偷潛進去看皇后的時候，並沒有發現妳，我們還以為妳暗地被處決了……直到雕菰進來後，她才吞吞吐吐說出了瑞王可能對妳有所企圖，我們又聽說他要娶趙緬一個突然冒出來的女兒，所以我就裝成幫工，混進去看看到底是不是妳。」

「雖然幫工與趙緬相遇的可能性不高，可他以前在朝廷畢竟與你是見過的，你這樣貿然行事也未免太冒險了，要是被人認出可怎麼辦？」盛顏低聲道。
「那也顧不得了，幸好順利地救出妳了……」他看著她，說道。
盛顏低頭不語，又問：「我們要去哪裡？」
「全天下的人都知道妳在雲澄宮，而現在妳不見了，我想那裡一定沒有人搜尋。」他看著她，說：「而且那裡的人變動很大，對宮中來的一大群人還沒熟悉，我妹妹會幫著掩飾妳的。或許妳可以假裝是一個普通宮女，先在裡面躲一段時間。」
盛顏心亂如麻，也不知道自己該怎麼辦，但她目前確實走投無路，也不知道天地茫茫，到底能去何方。可要是去雲澄宮，又怕連累君容緋和元妃。
猶豫良久，她才點了點頭，低聲說：「我先住幾日，馬上就走。」
知道君容與要帶著盛顏過來，君容緋身邊的珊瑚早已候在雲澄宮偏門。行宮冷落，巡邏也很鬆懈，如今天色還未亮，君容與帶著她翻牆進來，自然也沒人顧得著這邊。
他們跟著珊瑚，往君皇后居住的地方走去，那裡與她住得較近的正是貴妃和吳昭慎，應該不用擔心。

沿著臺階而上，前面水聲嘩嘩作響，撲面而來。盛顏抬頭一看，這裡正是紫穀山瀑布前的凌虛閣。

真沒想到，兜兜轉轉這麼久，她還是回到了這裡。

水流倒懸，傾瀉而下，在這個秋日清晨，水霧瀰漫在山間，一片潮溼的寒意向她逼來。

她正在往上走，君容與在她身後，忽然低聲說：「我們第一次見面的時候，也是在這裡，也是和現在差不多的季節。」

她微微一愣，回頭看他，他卻不敢讓她看見自己的神情，逃避地將頭轉向旁邊去了，叫：「妹妹。」

君容緋正站在瀑布之前的小亭中，看見他們來了，頓時飛奔下來，緊緊握住盛顏的手，又哭又笑。「德妃，妳還好沒事，妳還活著，真的……」

她以前在宮中，對盛顏一直客氣，如今陡然之間遭逢大變，居然親切起來了，似乎對方是自己唯一可以依靠的人。

盛顏與她拉著手，想要說些什麼，可四周水聲嘩嘩，她一張口就被水聲淹沒了，只好作罷，只是看著她。

君容緋與她這幾月都是心驚膽顫，顛沛流離，一時間相看彼此的憔悴容顏，一邊笑著，一邊竟然流下淚來。

天色大亮，太陽初升，照在流瀉而下的瀑布上，每一顆水珠都是五彩斑斕，晶瑩剔透。看似離她們很遠，水霧卻不知不覺已經沁溼了她們的裙裾，冰涼地滲進來。

「不要在這裡了，等一下會有人看見的。」君容緋低聲說，與她攜手要進閣的時候，下面忽然傳來一陣細微喧譁，只是瀑布的聲音太響，他們一時聽不分明，只能轉頭向下看去。

就在她們還不明白的時候，君容與忽然臉色大變，說：「是馬蹄聲。」

君容緋卻微微詫異，不太相信。「行宮中處處都是臺階，怎麼會有人騎馬？你肯定是聽錯了吧？」

君容與搖頭，急促地說：「妳快帶德妃去後山避暑的山洞，我來攔住那些人。」

話音未落，忽然下面傳來一陣狗吠，有幾隻獵犬如離弦之箭，從臺階下面直衝而上，猛撲向盛顏。其中一隻更張口就咬住她的裙角，不肯放開。

盛顏在大驚失色中，轉身想要逃離，只聽「哧」的一聲，她的裙角已經被扯下一塊，而那隻狗凶猛無比，不肯甘休地還要再撲上來咬她。

君容與一腳踢飛那隻狗，擋在盛顏的面前。此時下面有人一聲呼哨，那隻狗立即躍到旁邊，只是瞪大眼睛、凶狠地看著她，呼呼喘氣。

盛顏抬頭仰望，一匹馬從旁橫躍而出，正攔在她面前。馬上人居高臨下地看著她，抬高聲音說：「盛顏，跟我回去。」

正是尚誡。

他居然直接縱馬躍上雲澄宮的這無數臺階，穿過重重門戶而來。

盛顏抬頭看尚誡在陽光背後的臉，逆光中什麼都不分明，只看見他一雙眼睛恍如跳躍著火焰。

她一咬下唇，抬頭說道：「聖上此言差矣，天下人盡皆知我與先皇妃嬪在雲澄宮，何來跟你回去之說？」

尚誡冷笑，揮鞭指著她吼道：「盛顏，妳不要太過分了！我將妳送到趙緬那裡，不過是怕妳受人議論。妳不回去也無所謂，我今日就下詔要立先皇的盛德妃為后，我倒要看看誰敢說個不字！」

看到他如此暴怒，身後的白晝和鐵霏不由得相視無奈，知道這個主子是說得出做得到的性子，到時候真要對朝廷當眾宣布自己要娶盛德妃，恐怕又是一場混亂。兩人想到這裡，相視無語，不由得都有點牙痛的神情，不知道真要做出這樣的鬧劇，他們該怎麼收拾。

君容緋嚇得臉色慘白，縮在角落之中不敢出聲。

唯有盛顏站在瀑布之前，任由水花濺起沾溼自己的衣裙，一動不動。

尚誡聲色俱厲，說出那些話語驚世駭俗，她卻置若未聞。她不為所動地仰頭，一瞬不瞬地凝視著尚誡，說道：「可惜，這世上沒有人能什麼都稱心如意的……你也一樣。」

她臉色平靜，站立在危岩之上，水面風來，吹得她搖搖欲墜。

看她立於如此危險的境地，尚誡一時之間竟說不出話來。猶豫了良久，他終於長出了一口氣，終於放軟了聲音，說：「阿顏，妳何苦這麼倔強？我早說過，尚訓的事與我無關，如今妳也明白了，不是嗎？從始至終，都是你們兩人對不起我！」

盛顏卻只向著他慘淡地笑了一笑，神情灰槁，她背後水花飄揚，一身素白的衣服如同雲霧一般獵獵飛揚，披散而下的長髮凌亂散落在肩頭，眼看著那無數水花就在她衣袖髮間不斷開謝，而她身後的瀑布不斷流瀉，錯覺中看來，她恍如正在隨著水風流逝。

「你的記性真差啊，難道你忘了，我的母親？」她低聲問。

「妳母親？」他驟然聽到她提起這個，大惑不解。

盛顏看他的表情，不像是做作出來的，全然是不解的錯愕。

她望著自己面前的他，猛然之間，心下有一點暗如螢火的恐懼，從胸口升起，驟然散到全身四肢百骸。

瑞王是這麼驕傲的人，他在出逃後，必定只想著親自回來向她報復，有什麼必要倉促命人將她的母親置於死地？

而且，他從沒見過她的母親，也從未提起過——在他的意識中，恐怕自始至終都沒有她母親的存在，又怎麼會想要用母親來報復她？

一切都是……尚訓帶來的消息，他是這個消息唯一的來源。

在心裡陡然升起的不明就裡的恐懼中，她忽然想起，在尚訓去世的那一夜，黑暗中，他曾經問她，阿顏，如果有一天，妳發現我不是好人，我做過很對不起妳的事情……

他又說，但是阿顏，我並不後悔……因為，至少妳現在，是跟我在一起。

為什麼，他會對她說這樣的話？

但，僅僅只是一剎那恍惚，還沒等她省悟過來，耳邊忽然有一線風聲劃過，有寒光在她眼角的餘光中一閃，向尚誠刺去。

尚誠應招極快，在馬上一個俯身，極險處堪堪避開鋒芒，那劍尖離他幾乎已經只有半寸，卻再遞不進去。他一俯身後立即翻身重新上馬鞍，右手卻如蛇一般順著那人的手腕趕上去，一折他的手肘。那人手臂受制，長劍立即倒轉，尚誠將劍柄往前一送，只聽得輕輕的「啵」一聲，那劍從刺客的胸口進，後背出。

在君容緋的哀叫聲中，那人連人帶劍如斷線風箏一般橫飛出去，深深地墜落在崖下，跌落在瀑布下的深潭中，紅色的血在水中隱隱一現，便被捲入了激流。

這一場兔起鶻落迅速結束，直到君容緋尖叫一聲撲上去，趴在崖邊放聲哀哭，盛顏才明白過來，原來剛剛刺殺尚誠的那人，是君容與。

他胸口中劍，又落入這樣的激流中，自然是活不成了。

尚誠卻若無其事，轉頭對盛顏說：「來，跟我回去吧。」

不動聲色之間就處決了一個人，一條命就這麼在他手上消失，他卻壓根兒沒有半點放在心上。

盛顏定定地看著他，心口瀰漫著大片的冰冷與恐懼。

從始至終，從初見的時候開始，他一直都是這樣，飛揚跋扈，凌駕於人。在他的人生中，只要不關係到他自己，別人的生命算得了什麼呢？

一瞬間，她忽然覺得剛剛的疑慮，煙消雲散。

於他不過是如螻蟻的一個婦人，他有什麼必要不殺掉呢？何況又是那麼簡單的事，只需要一句話就可以達成。

因為他明知道，她唯一的至親，只有母親了。他從來都不忌憚用最簡單的手段達到讓別人最痛苦的目的吧。

因為他是絕對不容許別人損害到他自己一絲一毫的那種人。

尚誠在馬上居高臨下地看著盛顏變幻的神情，瀑布前水風斜飛，朝陽光華燦爛，盛顏披散著的髮絲上沾滿了水珠，在陽光下就如通身綴滿燦爛露珠，瓔珞垂垂。

尚誠表面鎮靜，心中卻突然波動，似乎有一種害怕至極的情緒，深深地扼住了他的喉嚨。

他終於翻身下馬，慢慢向她走去，低聲說：「盛顏，妳聽我說……」

盛顏站在那兒一動也不動，只是睜著一雙眼睛，看著他。

他覺得自己心跳得急促，都快掙脫出胸口了。就像他十四歲那年，率領著十八騎侍衛突圍回國時，徹夜在沙漠中馳騁的恐慌與執念，叫人擔心自己的心臟會因為承受不住這種激烈跳動而突然停止。

但他強迫自己放緩呼吸，小心翼翼地伸出手，一寸一寸地貼近她。直到觸到她的衣裳，他才將她狠狠地拉扯過來，因為來勢太猛，她幾乎是撞進他的懷中。

他用力抱緊她，心有餘悸地說：「盛顏，來，跟我回去……」

她抬頭看著他，慘淡的臉上綻放開一朵異常平靜的笑容，輕聲說：「不。」

她這一生身不由己，隨波逐流，顛沛流離中只想著好好活下去。所以無論命運和他人加諸她身上的時候，她都默默地柔順接受，不曾反抗。

然而這一次，她終於第一次開口拒絕。

尚誠只覺得肩膀一涼，有一支細長冰涼的尖銳物，刺進了他的肩窩。他習武多年，反應快極，下意識就將她的手扳開，往前推去。

盛顏的身子如同一片雲一般，輕飄飄地由他的掌心開始往後退去，與瀑布一起，下墜到深不可測的底下去。

尚誠瘋一般衝往前面去，要抓住她的手，但已經遲了，他的手指與她指尖擦過，卻來不及握緊在掌心。他拚命地伸手去拉扯她，在危崖上差點止不住腳，白晝狠命撲過去，倒在地上死死地抱住他的腿，大聲說：「皇上，別過去了！」

他被白晝拖住，站在高崖上，眼看著她一身白衣，迅速融化在無數的模糊霧氣中。到最後周圍一切水聲都退後到千百里之外，四周景物變成白茫茫一片。唯有瀑布的水花雪白晶瑩，如無數細碎的白花在瞬間開謝，轉眼老死。

第十六章

桃花簾外開依舊

就像桃花樹上，令人仰望的容光，一恍惚，一生一世。

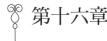

尚誠一動不動地站在懸崖上，看著瀑布的水花，在風中化成濛濛水霧。

白晝看著他面如死灰，趕緊問：「傳令讓山下的人立即封鎖河道尋找她，聖上看怎麼樣？」

他微微點頭，揮手讓他下去。

手牽動了他肩上的傷口，血又汩汩流出來。他木然低頭去看自己的傷口，那裡刺著的，不過是一支金簪，又是在肩窩，並沒有傷到要害。

他的手撫上那支釵，指尖不受控制地微微顫抖起來。

是一支細細的桃木釵，桃枝太細，因硬度不夠而密密匝匝纏繞著金絲，金絲如水波般順著桃木的紋路流動，在木釵的盡頭綻放出三朵桃花，一朵盛開，兩朵蓓蕾，由打磨得極薄的粉色寶石簇成，栩栩如生。

十年前，她為他折下的那一支桃花。花謝了，枝條枯乾。他找了能工巧匠，將它改成了一支與當年桃花一樣的金釵，送給了她。

真沒想到，她倉促出逃的時候，捨棄了所有的東西，最終帶在身邊的，卻是這支桃木釵。

而，他的心腹要害都對著她，她明明可以取了他的性命，卻只傷了這裡。

她在想什麼，他始終都是不明白的。

更不明白的是，上天為何要用一場大雨讓他與她重逢，又為何用十步之遙決定了一切命運。

如果沒有那一場大雨，沒有他與她的相遇，現在會是怎麼樣？

他，盛顏，尚訓和行仁，這個朝廷，這個天下，會是怎麼樣？

但誰知道呢？也許一切都還是一樣，只是那一場大雨，替他們找到了各自痛下決心的理由。

瀑布的聲音擊打著他的耳膜，侵襲而來，就如那一場大雨的聲音。

他站在瀑布前，一時悲從中來，不可斷絕。

瀑布急湍，潭下水流極快，雖然有大批人馬沿著水流去找，但是過了一天一夜，始終沒有找到盛顏和君容與的蹤跡。

這裡已經沒有找到盛顏的機會了，尚誡在離開雲澄宮時，召了雕菰過來，說：「妳隨駕回宮吧，盛顏曾請求朕將妳許配給鐵霏，朕會滿足她心願的。」

雕菰與鐵霏趕緊跪下，叩謝了他。

等鐵霏帶著雕菰要出門的時候，她轉頭看尚誠，遲疑了一下，終於還是忍不住說：「聖上，您讓奴婢跟在娘娘身邊這麼久以來，奴婢看得十分清楚，您對娘娘確實是上心的，只是她與母親相依為命多年，縱使您再怎麼彌補，也是無濟於事的，這缺憾……估計怎麼都彌補不過來了。」

尚誠微微冷笑，問：「這又是怎麼回事？她母親是誰？」

雕菰嚇了一跳，趕緊跪下，說：「就是以前……聖上被先皇擒下，後來得脫之時，派人殺了娘娘的母親那一次……」

尚誠皺起眉頭，問：「派人殺她母親？朕何曾知道她母親在哪裡？」

雕菰睜大眼睛，極度驚愕讓她說話都開始結巴：「可……這是先皇親口告訴娘娘的，這消息也沒放出去，他只跟娘娘說了，她因此病了好長一段時間……」

鐵霏愕然插話：「我與聖上一起逃脫之後，直接就去了北方，哪有時間想到為了報復德妃而殺她母親？」

「何況朕根本不屑。」尚誠冷冷地說道。

雕菰震驚地瞪大雙眼，顫聲問：「這麼說……」

她心頭轉過一個詭異而可怕的念頭，但這念頭讓她頭皮發麻，渾身發抖，不敢再說下去。

尚誠知道她必定會明白的，又問：「可是先皇又為什麼要殺她母親？那時他們不是同仇敵愾，一起聯手害我嗎？」

「不是的，娘娘與我一樣，都不知道那天……會發生那樣的事情。」雕菰急切地仰頭看著他，說道：「那天先皇吩咐我去取笛子的時候，是先皇身邊的景泰突然過來，將另外兩支笛子交給我，說那是先皇平時用慣的，所以我才一併拿了出去。」

「不是他們預先商量好的嗎？」他臉上依然不動聲色，只是十指緊捏著椅子的扶手，因為太過用力，連骨節都泛白了。

她說，那都是我的主意，計畫是我策劃的，埋伏的兵馬是我指定地點的，就連那凶器……也是我準備的。

原來，就連她親口說過的，都是謊話。

雕菰用力搖頭。「不是的，先皇那段時間，察覺了聖上與德妃的感情之後，便將娘娘送到雲澄宮，又因為性命垂危而召她回來，所以當時他們兩人存有心結，見面時都稀少。直到娘娘的母親去世，娘娘因此病得差點好不起來，先皇在病中極盡全力呵護她，他們才又重歸舊好。聖上您想，這麼重大的事，他們當時那樣的情況，要怎麼商量共同謀害您呢？」

她說，尚訓這個人，這麼軟弱，又一直依賴你，怎麼會下狠心對付你？

她一力地維護尚訓，甚至，什麼都攬到自己的身上，卻不知道，那個人為了得到她，曾經費過多少見不得人的心機。

尚誡默然，良久才說道：「原來她一直以為，她娘死在我的手上……難怪她寧死也不願意留在我身邊。」

他揮手讓雕菰下去，雕菰行禮要退出的時候，抬頭看他在空曠的大殿內，黯然無言的樣子，又覺得心中湧起一種異樣的情緒來。

她牽著鐵霏的手，看著孤零零一個人坐在最高處的尚誡，遲疑著，畏畏縮縮地說：「聖上，我……我還想跟您講一件事，雖然只是我心中猜測的。」

尚誡沒有看她，只是說：「說吧。」

「也許……娘娘從雲澄宮回來後，就知道鐵霏是您身邊人了，因為……她本來對太后避之唯恐不及，那次卻突然帶著我們去西華宮，還告訴我們太后的鳳符與垂諮殿代行諭旨的印信的事。後來鐵霏因此救出您並且前往北方的時候，我還在想著，要是她說得不這麼詳細的話，鐵霏哪裡能這麼順利呢？甚至她還親自帶我們去西華宮看太后的鳳符收藏在哪裡，怎麼她難得多說幾句，就全幫上鐵霏了呢？而且，還特意讓鐵霏去查看天章閣的印信，可現在想來……」她絞著手指，猶豫地說：「她竟好像，是故意指派鐵霏去的……」

尚誠聽著，突然淡淡地笑了出來。鐵霏與白晝看著他忽然的笑，面面相覷，他卻揮手示意他們下去，一言不發。

所有人都退下了，只剩他一個人在殿內，一邊笑著，一邊想，如今他真是心滿意足。

他已經是當朝的統治者，九州四海，萬民臣服；他正當盛年，四方平定，所有鄰國番邦無不畏懼；他可以隨意選擇世上最美的女子，豔麗素雅嫵媚清朗，無論哪一個，都會對他順從溫婉。

就連那個人，他唯一愛過的女人，原來也不是那麼恨他。甚至，只要上天稍再給一點機會，他們就能在一起。甚至，他們彼此深愛，也不是沒有可能。

他真是，萬事如意。

窗外傳來振翅的聲音，他慢慢轉頭看去，初冬碧空如洗，遠遠的，有雙雙對對的白鳥從天空掠過，漸漸消失在遠方。

他看著，想著他們初見時，她給他抽的那一支籤，她說，願為雙鴻鵠，振翅起高飛。

到如今，歷歷在目。

盛顏消失三天後，活不見人，死不見屍。

十一月初六，原定立后的日子已到。尚誡醒來很早，站在殿外眼看夜色濃重，風吹動窗外樹影，聲響淒厲。直到月亮漸漸西斜，東方隱隱現出魚肚白。日出後，宮中封誥也已送到，迎接皇后的儀仗如同錦雲蔽日，映照得宮門前一片霞光燦爛。禮部尚書持節冊到他面前，說：「臣等奉命，即將啟程趙府。」

尚誡看看節冊，平靜地說：「不用去趙府了。儀仗減一半，把以前呈上來的那些閨秀隨便找一個封為貴妃，接進宮來。」

禮部尚書料不到他會這樣說，嚇得大驚失色，撲通一聲跪在地上說：「但是，全天下盡知今日是立后大典，而且，冊子上已經寫了是趙緬女兒……」

尚誡淡淡地，並無任何表情地說道：「朕今日，不想立后。」

禮部尚書覺得自己差點暈厥過去，不明白現在是什麼狀況。

他連滾帶爬地出了殿門，一眼看到了自己的老朋友、也曾經把孫女的生辰八字送過來的國子監祭酒。禮部尚書顫顫巍巍地撲過去，抓住他說：「就是你孫女了！」

因為天降恩德而匆忙嫁進宮中的國子監祭酒的孫女，出身名門，性格柔婉。她運氣確實不錯，雖然沒能受封為皇后，但尚誠忙於國事，個性冷淡，對宮中嬪妃興趣寥寥，她受封貴妃後，赫然已是宮中之主。

對於這個完全是撞上好運的女孩子，京城裡傳得沸沸揚揚，人人羨慕。即使在京城之外的城郊，也有人議論著她。

「哎，尹姑娘，妳說那個劉貴妃，是不是運氣太好了？皇上居然在最後放棄了原來想立的妃子，找了她過來！」

聽到鄰居女孩子的問話，坐在石榴樹下刺繡的尹姑娘抬起頭，笑了一笑，說：「是呀，她運氣真好。」

即使在竹籬間，山野中，她身穿粗衣舊裙，卻依然是個十分美麗的女子，就像竹籬茅舍間探出的一枝碧桃花，這種奪目的美麗，居然與周圍格格不入。

唯一的缺憾是，她的手指雖然修長，卻不太纖細，看來是年幼時操勞所致。

鄰家姑娘看了看她正在繡的畫，問：「妳今天繡的是什麼？怎麼會這麼大呢？」

她在繡架前，拿針挑著已經繡好的絲線，笑著抬頭看她：「這個是給花神廟繡的，新來的廟祝託繡莊幫他們繡一幅天女散花的中堂。」

鄰家姑娘站在旁邊看她細細地調整絲線的反光，一針一針地挑著已經繡好的眼睛。有點不明白，問：「那，她的眼睛不是已經繡好了嗎？為什麼還要這樣挑？」

「絲線繡的時候針腳不一，看上去眼神會渙散，所以需要把反光調整好，這樣看上去才會明亮有神。」她說著，然後放下手中針線，站起來仔細端詳著這幅繡品，一寸一寸看過，確定沒有問題之後，才轉頭對著屋內叫：「大哥！」

鄰家姑娘的眼神頓時有了神采，她看著從屋內走出來的清俊男子，趕緊叫他：「尹大哥！」

他尚帶病容，顯然身上曾負過重傷或生過重病。對鄰家姑娘笑笑，他低頭去看那幅繡品。

「已經完成了，麻煩你幫我送到繡莊。」尹姑娘將它疊好，又用青布包起來，交給他。

他接過來，看看她顯得朦朧的雙眼，低聲道：「都是我拖累了妳……」

她抬頭對他笑了一笑，輕聲說：「哪有這樣的話，就是因為你不肯丟下我，所以你才寸步難行……都是我對不住你。」

「不敢……」他趕緊說。

「別客氣了，我現在可是你的妹妹。」她疲憊地笑著，向他揮揮手。「快去快回，大哥。」

他點點頭，臨出門的時候，又小聲囑咐她：「千萬不要出門……還有，進屋去吧，院牆這麼矮，小心被人看見。」

「好。」她應道。

送他出去後，她將門關緊，一個人站在院子裡的石榴樹下，活動了一下肩膀脖子，然後伸手在院子裡的小水池中洗手。

已經是二月天氣了，她抬頭看見藍得高不可攀的長天中，滿城桃花盛開在豔陽下，顏色鮮豔，如同夢幻。

整個人間，全都籠罩著不分明的，如同夢幻一樣的顏色。

不知道為什麼，她在這平靜的、春天降臨的天氣中，怔怔地站住了，茫然地看了天空很久很久。

「今年的桃花，開得真好。」

宮裡的人都這樣說。也許是被這些鮮豔的色彩所迷惑，尚誠這個從來不關心花月的敬業皇帝，也終於抬起頭來，看了看御苑中的那幾株桃花。

紛亂桃花，盛開在春風中，輕緩招搖，令人有點懷疑，要是沒有桃花的話，這個世界上，是否還會有春天。

今年桃花大盛，滿城的桃花開得妖異，直如燦爛的紅雲將整個京城籠罩住。

就像去年、前年一樣，白晝照例陪著他一起到城郊踏青，不過今年還加上了鐵霏和雕菰。

他們沿著清淺河水，一直往上游而去。放眼望去，對岸的桃花林遠遠延伸到山腳下，陽光灑在桃花上，那豔麗的粉紅色如同雲霞的顏色，胭脂一般迷人。

那個荒廢已久的花神廟，如今居然有了廟祝，而且還修葺一新，竟然也有點香火了。

尚誠下馬走到簷下，一抬頭看見覆蓋在窗戶上的芭蕉，蔭蔭綠綠，一片幽涼。碧綠的芭蕉影倒映在廟旁的三生池上，隨著微風水波，舒緩招展。

曾經有個人，在這裡，接過芭蕉上滴下來的雨水。那時她清澈的容顏，不染纖塵。

也曾經有個人，和他並肩站在三生池上，看著水中聚散無常的影子，相擁親吻。

他想著陳年舊事，竟然覺得心底一片柔軟，想過太多次，連傷感都消失了，只剩下淡淡的懷念。

他走到廟內看花神，神像上的灰塵被撣去後，木雕像披上新衣，竟隱約可以看出一點衣袂飄飄的風姿。

見他進來，廟祝趕緊迎上來，問：「客人要燒香還是算命？」

他淡淡地說：「我萬事已足，沒什麼好算的。」

廟祝又轉頭問白晝和鐵霏，至今沒有娶著老婆的白晝趕緊說：「我求個姻緣。」

廟祝從旁邊櫃子中翻出了籤盒和籤書，遞給他。

籤條已經有幾根被蟲子蛀朽了，微一晃動就應聲斷裂，白晝不敢搖得太厲害，在手中慢慢晃動。那些斷裂的籤條也在裡面跳動。所以過了很久很久，才有一根掉了出來。

鐵霏拿起來看，說：「第一百一十籤。」

尚誠聽到了，笑了一笑，隨口說：「真巧，和我以前求的是一樣的。願為雙鴻鵠，振翅起高飛。」

正在翻籤文的廟祝卻搖搖頭，對白晝說：「不對，第一百一十籤，斷送一生憔悴，只消數個黃昏。唉，這位小哥，你情路堪憂啊……」

尚誠微微一怔，伸手將那本破舊的籤文書拿過來，翻到第一百一十籤的判詞，注目看了良久，才慢慢微笑出來。

見他神情奇怪，白晝趕緊問：「主上，這……怎麼了？」

「不，沒什麼，我只是覺得，女人真奇怪，不明白她在想些什麼。」他笑道，怔怔看外面許久，又緩緩說了一句：「不過是第一次見面，她就騙我……她為什麼要騙我？」

鐵霏和白晝完全聽不懂，只能面面相覷。

他又抬頭看了看這小廟，發現了牆上掛著的大幅刺繡，便站在下面看了良久，看著那些仙女薄薄的腮紅和暈染的唇角，明明是神仙，卻偏偏有這樣動情的神態。

「妳不覺得，這畫上的仙女有點面熟嗎？」見他一直盯著這幅畫看，鐵霏也覺得有點異樣，忍不住小聲問離菰。

離菰想了半天，才說：「和德妃以前繡過的那幅《七十八神仙圖》有點像，我沒見過別的刺繡上有這樣的仙人。而且這眼珠特別鮮活，我記得娘娘在繡好眼珠之後，還會反覆地調絲線，說絲線的光澤要是亂了的話，目光就不靈了。」

「可見繡得好的人，都一樣需要下工夫。」鐵霏對於妻子的話，向來奉為諭旨。

尚誠看著上面的仙子，衣帶當風，渾欲在花雨中歸去。他看著上面鮮豔的花朵，幾乎讓這亂花迷了眼睛。

三人離開花神廟，正要上馬離開的時候，尚誠又再次回頭看了看那座小廟。

在這一瞬間，他看著那片桃花林，那幾株綠茵茵的芭蕉，覺得一種極其奇異的感覺，湧上心頭。

他轉頭，吩咐白晝：「去繡莊打聽一下，繡這幅刺繡的人是誰，住在哪裡？」

白晝苦著一張臉，覺得這事實在是希望渺茫：「可是聖上，天底下的繡品不都是一樣的嗎？而且繡的都是神仙，所以有點像也是理所當然的……」

尚誠淡淡地說：「雖然如此，但畢竟還是不甘心。」

「臣覺得，要是她尚在人間，一定早就遠離京城，躲避在山野中了……」白晝低聲嘟囔著。

鐵霏附和：「而且，她所有遠在天南地北的族親，朝廷全都監視著，可也沒有音信啊……聖上，不如你就放下吧。」

尚誠沒有理會他，也不說話。

雕菰在馬上，暗暗地踢了鐵霏一腳，示意他別說話。鐵霏最怕老婆，趕緊住口了。

見沒有了幫手，白晝無可奈何地只好屈服在尚誠無理的命令下——畢竟，拿了人家薪俸，不能不聽吩咐啊！

他一個人撥馬回去詢問廟祝，問清了那個繡莊之後，又快快地上馬離去。

鐵霏和雛菰一起用同情的目光看著他的背影，心想，有個病急亂投醫的主人可真慘啊，居然連這麼渺茫的事情，都要試上一試，這跟溺水的人抓稻草有什麼兩樣？

「可是，我還真的挺羨慕德妃娘娘的……」雛菰和鐵霏共乘一騎，慢慢地回去，她望著前面漸漸消失的尚誠的身影，說：「這麼久了，聖上一定也知道她已經不會再出現了。」

「真是奇怪，我所知道的聖上，從小到大，可沒有這麼傻過啊……」不在尚誠面前，鐵霏和老婆講私房話，也不在乎是不是大逆不道了。

雛菰又狠狠踢他一腳：「哼，要是我忽然不見了，你會不會也這麼傻地找我？」

鐵霏想了良久，才吶吶地說：「也對……」

「也對是什麼意思？」雛菰狠狠白他一眼。

「因為，如果是我的話，就算明知道妳已經不在了，我也一定會固執地找下去，不然我不知道自己活著幹麼……何況，現在德妃還生不見人，死不見屍呢。」

雕菰得意地點頭，靠在他的懷裡，低聲說：「是啊……無論是誰，喜歡上一個人，都是一樣的嘛。」

春日的下午，十分悶熱，似乎快要下雨了。

回到宮中之後，尚誠坐在殿中看完了奏摺。天氣依然悶悶的，雨還是沒有下起來。

他拿了一本書，坐在榻上看，不知不覺，因為煩悶，他丟開了書，站起來走出去。在恍惚間，他又來到剛剛去過的花神廟，看到了剛剛才看過的那幅天女散花的刺繡。

那上面的一雙眼睛，清澈透底，無比熟悉——那正是他們初遇的時候，盛顏的一雙眼睛，在雨中，卻比當時的雨珠還要清澈明亮。

他出神地看著，良久，轉頭又看到廟的後門開著。他和盛顏曾經在那裡坐過，後面的山環抱著這座廟，就像是一個小小的，與世隔絕的天地。

他聽到那後面，傳來輕微走動的聲音，輕微緩慢，該是女子的腳步。他本不欲浪費時間，想轉身離開，但，看著那後面鮮亮的綠草與桃花，他的心裡，忽然生出一種奇異的情緒來——

就好像，那個小小的天地中，有一種無比異樣的肉眼看不到的絲線，從裡面爬出來，將他心上的某一條血脈緊緊地扣住。

他不由自主地走到後門，站在那裡，看向後面的天地。

湛藍的天空籠罩在如同盆底的小山谷上，底下是開得燦爛的桃花，樹上的正開到全盛，地下已經鋪了一層如胭脂般的落花，顏色是最嬌豔的粉紅。

天空，桃花，碧草。陽光下鮮明的天藍、嬌豔的粉紅、柔嫩的碧綠交織在一起，濃烈的色彩燦爛得幾乎讓他的眼睛都受不住。

可，最燦爛的，還是花下的一條人影，她站在那裡，聽到了他的聲音，所以回頭看了他一眼。

只是這一眼，豔陽下所有鮮亮的顏色，天藍粉紅嫩綠，全都褪色成灰白。

只有她的容顏，比紛亂桃花還要奪目，綻放在他的視野中，占據了他所有的世界。

就像大雨中初遇時，羞怯的容顏。

就像桃花樹上，令人仰望的容光。

一眼，一剎那，一恍惚，一生一世。

尚誠醒來的時候，外面的春雨，終於淅淅瀝瀝地下起來了，輕輕敲打在窗櫺上，滴滴瀝瀝，細若不聞。

他靠在榻上，想著自己的夢，想著他和盛顏夢中的重逢。

外面，傳來白晝的腳步聲。他輕輕敲了敲門，用著一種因為緊張與激動而微微顫抖的聲音，輕輕地叫他：「聖上，有個消息要告訴您。」

他應了一聲，看著外面。

春雨，桃花，輕微的風。

整個人間，就像籠罩在夢裡，圓滿如意。

番外

剎那人生

改變人生的，都不過是那麼一兩個剎那。

人的一生中，總有幾個日子，會讓人的一生改變。

即使是當今的皇帝尚誡，也是一樣。

他人生中的第一個改變，是在四歲的時候。他的母親帶著他，穿過宮中長長的通道，去看望剛剛出生的，他的弟弟。

在兩道高高的宮牆之中，母親抱著他，一步一步地慢慢走著。這裡是陽光晒不到的地方，他與母親，長久地在暗紅色的陰暗角落中行走著。彷彿是恐懼這裡的陰暗，他緊緊地抱著母親的脖子，將自己的臉埋在她的肩膀上。

直到眼前一亮，陽光遍灑在他們身上，他才覺得，全世界都瞬間呈現在自己面前。

眼前是一座無比高大雄偉的宮殿，而他從那狹窄的地方出來，眼前豁然一亮，使得這座宮殿像是驟然自地下湧現，突如其來填滿了他的視野。

在百來丈的廣闊平地上，三層白玉殿基層層疊砌。寬可並列數十人的臺階，上面站滿了錦衣宮使和彩衣宮女。在那圍欄與白玉階的中間高臺上，是高大的殿宇，在此時明豔的四月陽光下，裡面歡笑隱隱，與他和母親，幾乎是另一個世界。

那時年少的尚誠，牽著母親的手，望著這座宮殿，心裡想，難道這就是傳說中仙人居住的地方嗎？

住在這座宮殿內，會是什麼感覺呢？

母親帶著他等候宣召，過了很久，進去通報的宮使才慢悠悠地出來，示意他們可以進去了。

他跟在母親的身後，穿過層層走廊，經過重重殿門，終於來到大殿之上。他的父親，正抱著一個初生的嬰兒，坐在最高的地方。

他對父皇的第一個記憶，就是在這裡。他抱著剛剛出生的尚訓，滿臉歡喜地看著，對身邊的人不停地說：「像我，這孩子真像我……」

直到母親帶著他跪伏在地，他才終於想起來，其實自己早已經有了一個孩子。他的目光落在自己的第一個孩子身上，微微遲疑，問：「這孩子叫什麼名字？」

他母親趕緊說：「聖上，他還沒有起名字。」

他的母親，本是易貴妃宮中的一個宮女。某一次皇帝來找易貴妃時，喝醉了偶然遇上她，迷迷糊糊中寵幸了她。等到酒醒後，他自己都忘記了這件事。

誰知他一味獨寵易貴妃，易貴妃卻一直沒有懷孕，偏偏這一次卻在別人身上有了個孩子。

易貴妃對這個卑微宮女，自然恨之入骨。皇帝本來也早已遺忘這個孩子，但因為後廷確實有記載，所以才無奈給她封了個低階，甚至連這個孩子，都不去看望，任由他們母子在宮中自生自滅。

但是今天，是他喜歡的女人為他生下孩子的日子，所以他對自己厭惡的這個孩子都不太介意了，聽說他還沒有名字，便隨口說：「這樣吧，太子名訓，這孩子就賜名為誡好了。」

那是一個尚誡永遠記得的日子，因為他從此擁有了自己的名字，雖然他的名字，是跟著他的弟弟，順便賜給他的。

但是，那個時候，他全不知道替自己難過。那時四歲的他，只是看著父親懷中的弟弟，看他睜大圓溜溜的清澈眼睛，打量著這個世界。而父親，用溫柔而歡喜的神情，寵溺地看著這個小孩子，愛若珍寶。

那個時候，他也曾經想過，到什麼時候，父親也能用這樣的眼神，看一看自己呢？

後來，他想到這一天的時候，在心裡，也會隱隱地想——也許，他對尚訓的恨，就是從那一天開始的。

從他第一天懂事開始，就深埋下了對這個奪走自己很多東西的人的怨恨。

不過，有些東西，不是尚訓奪走的，而是誰也留不住的，比如說，他母親的死。

在他九歲那年的秋天，母親因為鬱積憂病，含著淚，最後只對他說了一句話。

娘對不起你。

他守在母親的床前，看著沒有了呼吸的母親，很久很久才猛然省悟過來，他母親死了。

從此以後，只剩他一個人，孤零零地在這個世界上，生存下去。

恐懼與悲傷占據了他的心，他大哭出來，向著外面奔去，在周圍瑟瑟的枯樹中，明月在天，星河燦爛，秋天的風冰冷如刀。

他向著父親的宮殿跑去，卻在門口就被人攔下了，他急促地哭著，向著裡面喊：「父皇，我娘去世了……她死了！」

他小小的聲音，在廣闊的深宮與沉寂的暗夜中，消漸為無聲。

又過了許久，裡面才有人出來，說：「聖上口諭，知道了，天色已晚，明日再說。」

是的，他母親的死，就像輕飄飄的一朵花掉落，甚至不值得為她驚擾帝王的好夢。

只有尚誡，在被宮人們連拉帶拽地拖離寢宮時，他掙扎著，慟哭著回頭看了一眼在星漢下華美異常的宮殿。

寂靜無聲的殿內，隱隱的燈火透出來，整座宮殿就如同蓬萊仙島上的透明玲瓏閣，夜色中，如同冰玉，那麼美麗，毫無人氣。

母親的死，在宮中無聲無息，如同一株野草的消亡。

因為母親去世了，所以，他很快被遷出宮，居住在自己的王府中。說是王府，其實也只是一個三進的院落，他一個人居住在裡面，度過了母親去世後的第一個冬天。

那個時候，他有了一個王傅代替母親管教他，是個在宮中鬱鬱不得志的大學士。在他念不出書的時候，王傅最常說的話就是：「殿下，太子如今還不到七歲，可已經通背下了四書，您可叫老臣怎麼說？您千字文都要從頭學起？」

可他的母親不識字，他七歲的時候，又有誰能教他學字？

所以他經常蹺課，和侍衛們一起玩讓他更覺得開心。也沒人管他，即使他跟他們舞刀弄劍劃傷了自己，也依然無人過問。

春天來的時候，太皇太后去世了。他進宮去拜祭，偷偷地逃離了所有人的眼睛，去看母親當年住過的小屋子。然而，那裡已經上鎖塵封，他只能從門縫間看到裡面的桃樹，當年母親種下的桃核，已經開出了星星點點的憔悴花朵。

他偷聽宮女們議論，才知道因為這邊不吉利，所以過幾日就要拆掉建佛堂了。他不想離開，便坐在門口呆坐到半夜，沒有人來找他，他本就是個被所有人刻意忽略的存在。

那一夜所發生的事如同夢境。

他在這個孤寂世上，認識了一個女孩子。

那個女孩子的身影，令他站在樹下仰望了許久，差點掉出眼淚來。

她將一枝桃花放在他的掌心，笑容比那枝桃花還要動人。

從那一夜開始，瘦弱的枯敗的尚誠，心裡開始有了難以言說的希冀。他想，雖然希望渺茫，可如果有一天，他能牽住一個女孩子的手的話，他希望，那個人會是她。

那一年的葬禮，不只那一場。

易貴妃突然去世了，在朝野傳說皇帝即將立她為后的時刻。他進宮去上香，沒有在靈堂看見自己的父皇，聽說他是傷心過度，暈厥過去了。而坐在旁邊守靈的，是不滿八歲的，他的弟弟尚訓。

尚訓和他容貌出色的母親一樣，有一雙漂亮的大眼睛。他年紀還小，並不太懂得世事，看見尚誠進來，便走上來牽住他的手。因為他們兄弟只在年節的時候才能見上一面，所以並不熟悉，但即使如此，他似乎也知道誰才是自己血肉相連的親人。

他用幼獸一般溼熱的眼睛看著尚誠，怯怯地叫他：「哥哥，他們說我沒有娘了。」

他的手軟軟的，溫溫的，尚誠雖然一直不喜歡他，可是這一刻，卻陡然覺得自己的心軟了下來。他蹲下去，抱住弟弟小小的身子，低聲說：「沒事的，哥哥也沒有娘了，我現在，也還活得好好的。」

尚訓點點頭，又說：「父皇說，以後皇后娘娘是我的母親，那，哥哥現在的母親是誰呢？」

尚誠沒有過繼給任何人，因為易貴妃對他顯而易見的憎惡，所以後宮並沒有任何人有這樣的心思，即使是皇后也不願意惹這個麻煩。

所以尚誠放開自己的弟弟，淡淡地說：「哥哥長大了，不需要母親了。」

然而，只有他自己知道，他的人生，其實是千瘡百孔的。他在成長中所需要的，母親、父親、家、教育、歡樂，全都缺失。

但那又如何，他依然長大，朝廷也還是沒有遺忘他。

在他十三歲的時候，他終於成了有用的人，他也終於在非年節的時候，見到了自己的父皇。

那個時候，十歲的尚訓已經變得安靜，他站在父皇的身邊，靜靜地看著自己的哥哥，微笑起來的時候，酒渦很可愛。

父親將一對九龍珮分給他們，說：「尚訓，尚誡，記得兄弟相親，是皇家之幸。」

他當時不過十三歲，被父皇格外的恩寵感動得熱淚盈眶，他握著那塊玉珮，看著自己的弟弟，忽然之間，忘記了他的母親是易貴妃。

然後，他被封為客使，出使蒙狄，並且長期居住在那裡——如果不需要虛偽掩飾的話，其實是作為質子，送到了敵國，成了他國人質。

他在那裡待了兩年多。其實蒙狄的生活，如同鮮活的陽光，讓他的人生開始看見了新的希望。他只是人質，並不是階下囚，所以行動是自由的。他身形迅速拔高，學會了喝最烈的酒，騎最野的馬，在草原上縱橫來往，連蒙狄的勇士都佩服他。

甚至有時候，他早上恍惚醒來，會有一剎那以為自己本就是草原上的剽悍男兒，會在草原過一生，直到老死。

但，在那年的冬天，他的父親去世了。

父親在臨死前，沒有記起他這個兒子，所以，也沒有人來接他回去。

他不願意接受這個事實，固執地向告哀的使者詢問，使者為難地說：「我只聽說陛下囑咐新皇愛護百姓，要易貴妃附葬山陵，至於殿下……陛下可能神志不太清明，所以一時沒有想起來……」

那個時候，新皇已經登基，山陵也已經在動工建造。可是尚誠不甘心，他讓身邊人立即收拾東西，夤夜突出蒙都，向著故國奔去。

蒙狄的追兵很快就趕上來了，他身邊的人，有的失散，有的死去，在亡命的二十多個晝夜中，一百二十六人，最後只剩下十八個，浴血沐光，跟著他越過蒙狄邊境，踏上故國。

沙漠和草原漸漸被山野所取代，他們十九個人在夜空下的山道馳騁。他看著前方的繁星，其實它們和草原上是一樣的，但是，這是故國的星辰。

因為這個念頭，有一點東西像火星一樣燃燒了他整個身體。他仰頭看四周的大好河山，千里綿延到他目光無法企及的最遠處，湮沒在夜空的暗色中。耳邊的風聲呼嘯而過，消失在遙遠的盡頭，天地大得無邊無際，沒有盡頭，也看不見方向。

己所求。

就像他第一次站在那座只有帝王才能居住的宮殿前，抬頭仰望，茫然不知自

他帶著十八個人，進京拜祭白虎殿，並且力排眾議，脅迫禮部將山陵格局改制，讓自己的母親和易貴妃一起，左右附葬在先皇身邊。

世人都是愛好傳奇的，他成為天下的傳奇，也成為朝廷中舉足輕重的王爺。那個懦弱單純的皇帝，依賴著他強勢的哥哥，而要和攝政王對抗的大臣們，最好的依靠也只有他。於是他儼然成為新皇一派的領袖，開始在朝中植根。

那個時候，尚訓還只有十二歲，在太傅們的調教下，乖巧又聰明。在上朝的時候，他正襟危坐；在攝政王與尚誡吵架的時候，他也只會沉默著，一言不發地看著自己的叔叔與哥哥爭吵。但是在他小小的心裡，他知道哥哥是站在自己這一邊的，所以，在尚誡處下風的時候，他會小心地牽一牽尚誡的袖子，低聲說：

「哥哥，朕餓了，要不你們明天再說，朕想先退朝了。」

那個時候，他們羽翼未豐，唯一能對抗政敵的方法，居然只有如此拖延。而且，隨著尚訓長大，這個辦法後來也不能用了。

他們熬了五年，終於才找到機會，在他們的叔叔進宮的時候，將他誅殺。當時攝政王的血就濺在他們面前的案桌上，還有幾滴，染上了他們的臉頰。尚訓臉色慘白，摸著自己臉上溫熱的血，抬頭看他。

他淡淡地幫尚訓擦去，說：「沒什麼大不了的，荊棘長到路上了，總得斬去。」

攝政王死後，尚訓因為受驚而染了一場重病，根本不管朝廷的事，所以幾乎是任由朝廷變動，血染京城。

等尚誡收拾了項原非父子之後，攝政王在朝中的根基已經動搖了，尚訓才開始上朝。但他本來就是個事事聽從攝政王的人，此時不過是換了個人，事事任由尚誡說了算，日子依然還是逍遙自在，做著自己無能而悠閒的皇帝。

而他，終於有了時間去實現十年前的夢想，尋找到她的蹤跡。

春末那一場大雨淅淅瀝瀝，桃花下，花神廟中，就像是上天註定的劫難一樣，他遇見了盛顏。

他和那個囂張的項雲寰打賭，在他一箭射下她鬢邊桃花的一剎那，她烏黑的頭髮，在大雨中淩亂地撒下來，狼狽不堪。

那個時候，他忽然一下子覺得心裡有一點微微的疼惜，讓胸口都開始波動起來。

他甚至回憶起了他單薄的、僅有一點的童年美好記憶中，他的母親披散著頭髮，牽著他的手在院子裡走，點數著樹上的花朵，一瓣一瓣。

季節美好，人世繁華無限，而那時的他，只能以此來消磨人生中最好的時光。

奇怪的是，他以前，為什麼從來沒有覺察到，原來自己這麼孤單。

在那個時候，他心裡忽然想，她會改變他的人生吧。

不過，他怎麼也沒想到，她會以怎樣的方式，來影響他的人生。

不是他一心以為的，一生長相伴，而是，一步之差，無法挽回。

她成了他弟弟的身邊人，在他趕去阻攔的時候，卻只看到桐蔭宮中的梧桐花開得繁盛，如同大片積雪浮在夜空中。星光璀璨，無比圓滿的一輪春夜圓月，清輝遍地。沉香屏風後的燭火，隱隱約約，搖曳不定。

在這一刻，他忽然覺得自己再也沒有勇氣去探究。他站在門口，聽著周圍風聲緩緩流過自己的耳畔，投向遙遠的彼方，永不回頭。

他終於還是轉頭離開了。在星月之空下，他抬頭仰望，恍惚想起來，母親去世的那一夜，也是如此，明月在天，清景無限。

還有，在他逃回故國的那一夜，他抬頭看見星空，映照得整個天下，廣袤無垠。

人生剎那變幻，而每當變化時，他原本應有的，都會被人奪走。

遙遠的幸福童年，近在咫尺的千里江山，還有，讓他第一次心動的，那麼微不足道的女子。

他在心裡，清清楚楚地知道，他最好的選擇，是將所有一切全都遺忘。

可，總是意難平。就好像有一種執念緊緊地扼住他的咽喉，讓他寢食難安。

他曾經失去過很多，如今都已經無法挽回，只有這一個，他依然伸手可及——也許不是單純因為愛。

其實是一種偏執，不甘心，無法釋懷的走火入魔的情緒。就像四歲的時候，第一次懂事，第一次看到了自己的弟弟，第一次擁有了自己的恨。

後來她給了他重重的一擊。在與鐵霏出逃，在漸漸亮起的天空下，他知道她應該成為自己最痛恨的人。

在黎明前最黑暗的時刻，前方的山野無邊無際，永遠也走不出去。在夜空下的荒野馳騁，他看著前方的繁星，突然覺得自己眼前一黑，幾乎從馬上摔下來。

那一場大雨，她的頭髮披散而下，像他年幼時，唯一美好的記憶——然而，他沒有想到，她眼角染著的盈盈水波，她面容上桃花一般嬌豔的顏色，全都變成了騙局的一部分。

世事變幻，人心無常。

他胸口的傷口在疾奔中撕裂，痛得無法自抑，顫抖的手幾乎抓不住馬韁，差點就此倒下，在荒野上，星辰下，從此永遠消失在人世間。

在那一刻，他按著劇痛的心口，在心裡，一次又一次地反覆重申著自己的誓言——盛顏，今生今世，我一定不會再犯同樣的錯誤。

然而，人永遠都是好了傷疤忘了疼，他也一樣。

在項雲寰的手中，再次搶到她的時候，他低頭看見她偎依在自己懷中，顏色慘淡，神情倉皇，就像初次見面的時候，她在大雨中驚慌失措的神情一樣。這神情突然又擊中了他的心，不偏不倚，分毫不差。

在這一剎那間，他忘記了她曾經與弟弟一起謀害他，忘記了她來獄中給他送行時他的誓言，忘記了那一夜倉皇出逃時，他在星空下撕心裂肺的痛楚，剩下的，唯有對未來的妄想，就像個天真無知的小孩子一樣。

那時他在心裡暗暗地想，恐怕一輩子，都沒辦法擺脫這個女人的魔咒了。

他不會再給她任何機會。甚至，他領兵南下，去追殲項雲寰的時候，也在心裡清楚明白地知道，他不是為了順從她的心願，而是因為她想要利用自己和項雲寰兩敗俱傷，所以，他想要看到她陰謀破產後的樣子，那一定，不會輸給他以前的痛苦。

只是有時候，在戰後他會踏著血跡斑斑的土地，遠望夕陽。江南所有的花，都開得鮮豔無比，在殘血一般的餘暉中，如同鮮血染紅的世界。

只要他有一點不小心，只需要一次小意外，他就會成為血紅世界的一員，瀝盡全身骨血，只剩魂靈回故鄉。

然而，他依然還是一路南下，在接到探子密報時，在關注朝廷的計畫時，在探究她暗地的動作時，他依然忠實地向朝廷傳遞著捷報。但他心裡，其實十分迫切地想回去，想看到在她以為自己能將他置於死地的時候，他卻忽然出現在她面前，那個時候，她是不是又會露出當初雨中相逢時，那種可憐可愛的倉皇神情呢？

所以他小心翼翼地扮演著蒙在鼓裡的、叫人同情的角色——其實，根本也不用扮演，在想起她時，他所有的一切歡喜，其實都是真的。

他也曾經在血戰之後，因為心中突如其來的空虛與莫名其妙的悲哀，提筆給盛顏寫信。其實從小就沒有人用心教過他辭令，所以，他寫得很艱難，不懂得如何寫出自己的心情，但，到最後，他發現自己寫的，都是他想要在她耳邊輕輕傾訴的話。

江南四月，陌上花開，如錦緞千里，迷人眼目。於戰後披血看落日殘陽，天地血紅，萬花消漸。覺古今一瞬，生死無常，唯想念至妳，才恍覺身在何處。

想了好久，他又在最後加上一句——一切俱佳，待秋日妳我重逢。

他擱筆之後，看著最後一句話，心想，她又要開始忙碌秋日的事情了吧……

於是他無比期待出現在她面前的那一刻，他一次又一次地想著她，想著他們的重逢，想得心情愉快，歸心似箭，即使在進城的時候正逢暴雨傾盆，也依然沒有澆熄他的雀躍。他就像是初次嘗到情愛滋味的少年，忍不住伸手留戀地握一握她的髮絲，愛不釋手。

那個時候，他真是心滿意足。

他似乎在一夜之間，成全了自己所有的夢想。他小時候曾經仰望過的宏偉宮殿，他駐馬凝視的千里江山，他第一次愛上的人，全都握在了他的手中。

不過，改變命運，又只是一剎那。

這一個剎那，是他親手將她推入了萬丈深淵。

但其實，他一步一步，都是在為了讓她和自己最後這一刻做鋪墊吧。

也許是剎那改變人生，也許，整個人生，就只為了那一個剎那的到來。

很多年之後，他在那座華美的宮殿，握著她不算纖細的手，送她離開。那個時候，他們的孩子打開了她一直帶在身邊的小匣子，那裡面，只有一封書信。

江南四月，陌上花開，如錦緞千里，迷人眼目。於戰後披血看落日殘陽，天地血紅，萬花消漸。覺古今一瞬，生死無常，唯想念至妳，才恍覺身在何處。

數十年前寫的書信，邊角灰黃，字跡卻依然清晰，連同那片附寄的艾葉，都還在信中，只是已經灰暗破損，是她常常拿出來看的原因吧。

他看著她珍藏的書信，坐在深殿中，撫摸著她鬢邊的白髮，想著很多年前，他也還年輕時，那個時候，他握一握她的頭髮，也感覺到滿心歡喜。

不過，都是很多年前的事情了。

改變人生的，都不過是那麼一兩個剎那，其餘，再沒有值得記憶的事情。

——完——

桃花畫扇起長歌

桃花盡處起長歌 下卷

作　　者／側側輕寒
發 行 人／黃鎮隆
副總經理／陳君平
總 編 輯／洪琇菁
執行編輯／陳昭燕
美術監製／沙雲佩
美術編輯／李政儀
國際版權／黃令歡
企劃宣傳／邱小祐、劉宜蓉
文字校對／施亞蒨
內文排版／謝青秀

國家圖書館出版品預行編目資料

桃花盡處起長歌（下）/ 側側輕寒作. -- 初版. -- 臺北市：尖端，2019. 3-
冊；　公分
ISBN 978-957-10-8500-5（下冊：平裝）

857.7　　107023876

出版／城邦文化事業股份有限公司　尖端出版
台北市 104 中山區民生東路二段 141 號 10 樓
電話：（02）2500-7600　傳真：（02）2500-2683
讀者服務信箱：7novels@mail2.spp.com.tw
發行／英屬蓋曼群島商家庭傳媒股份有限公司城邦分公司　尖端出版
台北市 104 中山區民生東路二段 141 號 10 樓
電話：（02）2500-7600　傳真：（02）2500-1979
劃撥專線：（03）312-4212
戶名：英屬蓋曼群島商家庭傳媒（股）公司城邦分公司
劃撥帳號：50003021
※ 劃撥金額未滿 500 元，請加付掛號郵資 50 元
法律顧問／王子文律師　元禾法律事務所　台北市羅斯福路三段三十七號十五樓

台灣地區總經銷／中彰投以北（含宜花東）　楨彥有限公司
電話：（02）8919-3369　傳真：（02）8914-5524
雲嘉以南　威信圖書有限公司
（嘉義公司）電話：0800-028-028　傳真：（05）233-3863
（高雄公司）電話：0800-028-028　傳真：（07）373-0087
馬新地區總經銷／城邦（馬新）出版集團 Cite（M）Sdn Bhd
電話：603-9057-8822　傳真：603-9057-6622
E-mail：cite@cite.com.my
香港地區總經銷／城邦（香港）出版集團 Cite（H.K.）Publishing Group Limited
電話：852-2508-6231　傳真：852-2578-9337
E-mail：hkcite@biznetvigator.com

版　次／2019 年 3 月 1 版 1 刷　Printed in Taiwan